ラルーナ文庫

刑事さんの転生先は伯爵さまのメイドでした

桜部さく

JN103183

三交社

CONTENTS

刑事さんの転生先は伯爵さまのメイドでした……5
あとがき……264

Illustration

鈴倉 温

刑事さんの転生先は
伯爵さまのメイドでした

本作品はフィクションです。
実際の人物・団体・事件などにはいっさい関係ありません。

　警察官歴十一年、先日巡査部長に昇格したばかりの県警刑事、諸井仁《もろいじん》捜査官は、昇級の成果を給与明細に見る前に、三十年の人生を終えた。危険を伴う職業だ。無傷で元気に定年を迎えるとは思っていなかったが、少し早すぎると思わずにはいられなかった。

　しかし、天涯孤独となった自分と、少年の人生を秤《はかり》にかければ、迷うことなく少年の人生を選択した。警察官を目指したのは、少年少女の人生を壊す大人を捕まえたい、自身が少年だったころ、そう強く願ったのがきっかけだったからだ。

　二か月ほど前に、ＤＶの現行犯で男を逮捕した。男は懲役刑に処されたものの執行猶予がついた。拘置所を出て向かう先は、内縁の妻とその連れ子がいるアパートだろう。嫌な予感がして、仁は勤務を終えたその足で、アパートに寄ることにした。拘置所は決して快適な場所でもなく、遂に前科がついた男が、気を立てて帰るのが目に見えていたからだ。

今回は仁が逮捕にこぎつけたが、男が常習的に内縁の妻子に暴力をふるっていたのは明らかで、反省も更生もせず同じことを繰り返すのは自明の理だった。しかし、仁が最も危惧《きぐ》していたのは男の暴力よりそれを受けていた子のほうだ。現行犯逮捕時に現場にいた、思春期にさしかかった少年の目には、明確な報復の意思が宿っていたから。

たった二か月でも、年ごろの男子の成長は早い。体格も腕力もどんどん大きく強くなる。内縁というだけの関係を清算できない母親に憤り、また暴力をふるいに戻ってくる男に恨みを募らせ、追い詰められた少年が何をしてしまうか、それが仁の気がかりだ。まともでない大人のために、少年が犯罪者になってはならない。怪我《けが》は治っても前歴は消えない。大人が撒《ま》いた動機であっても、前歴が残るのは少年のほうだ。

男が更生しているという僅《わず》かな望みにかけながら、古びたアパートの扉の前に立つと、男の怒鳴り声と女の小さな悲鳴が聞こえた。施錠されていない扉を開け、狭い玄関に散らかった靴を蹴散《けち》らす勢いでアパートに入れば、男は一升瓶を振り上げ、まさに女を殴ろうとしていた。

「やめろ!」

男の手首を摑《つか》むと、自分を逮捕した刑事の顔は覚えていたのか、男が一瞬怯《ひる》んだ。その隙《すき》に取り上げた瓶の口から、微量の酒が流れ出す。途端に部屋中に撒き散らされた酒の匂《にお》いが鼻を刺激した。男は拘置所からここまでのあいだに安酒を買い、ほぼ飲み干して酔っているのだ。内縁の妻は瓶で打たれたようだが、威力も命中率も悪かったのか、目立った傷はない。少年は逃げ場のない狭い部屋の隅に立ち、必死に怒りを堪《こら》えている。拳《こぶし》を握り、唇をきつく嚙《か》む姿に、来てよかったと思わずにはいられなかった。

「医者に診《み》てもらうか？」

声をかけると、女は小さくかぶりを振った。仁は内心舌打ちせずにはいられなかった。勤務時間外でも現行犯逮捕はできる。執行猶予中の再犯なら男の懲役は確実だ。半年でもいいから男が服役していれば、この内縁の妻も関係を清算するに至るかもしれない。そう考えていた。しかし女も男に依存しているのか離れようとしない。

一番の被害者は少年だ。様子をうかがうと、赤の他人からの理不尽な暴力と、そこから離れようとしない母親に絶望していた。

ともかく今夜はなんとかなるだろう。刑事の目が光っていると知れば男も少しは自重するかもしれない。執行猶予を恨みながら、その猶予の意味を男に説いて帰ろうとしたとき、背中に鋭い痛みを感じた。途端に息が苦しくなり、同時に女の悲鳴が耳を突き刺して、自分が背後から刺されたことに気づく。刃物が抜かれた感覚がして、その鮮明さに傷の深さを知らされた。振り返ろうとしたとき、驚愕《きょうがく》する少年の顔が見えた。

振り返ったところを正面から刺された。男の顔はもはや、人のそれではなかった。このままではこの母子もやられる。仁は刺された状態のまま、男の胸ぐらを摑み、力の限り男を壁に押しつけた。

「逃がすかよ、糞《くそ》が」

品行など構っていられない。胸ぐらを摑んだまま、男を見据え続けた。命がけの拘束と剣幕に圧《お》された男の顔が青ざめていく。今度は執行猶予では済まされない。

「俺たち警官は、同族殺しに容赦しねぇんだ」

身体《からだ》の力が勝手に抜けていく。自分はもうだめだ。しかし、この男が確実に逮捕されるまでは絶対に意識を手放したりしない。

少年が震える声で通報しているのが聞こえた。住所を伝える、変声期半ばの声は、痛々しいけれど、芯《しん》の強さもうかがえた。

それでいい。誰《だれ》かを刺すとはどれほど怖いことかを、人を攻撃することに正義なんてあり得ないことを今日見たことから知ってほしい。そうすれば、独り立ちできる日までがどれほど苦しくても、道を踏み外すことはないだろう。自分も非行に走りかけて踏みとどまれた。だからこの少年だって、立派に成長できる。

真面目《まじめ》でいるより腐るほうが容易だった過去をばねに刑事になり、自分なりの信念を貫いた諸井仁巡査部長は、命と引き換えに殺人の容疑者を現行犯逮捕した。

＊＊＊

「お客さん、着いたよ。早く降りて」

運転手に急《せ》かされ、寝落ちてしまっていたことに気づいた仁は、慌ててタクシーを降りた。しかし――。

「うわっ」

道路に出たはずが、なぜか下へと転げ落ちた。溝にはまったわけではない。東京ほどではなくてもそこそこ都会的な街に住んでいるのに、なぜか運動場のような茶色い土がむき出しの地面に突っ伏していた。

「大丈夫かい、お客さん」

「あ、ああ……」

わけがわからない。ここはどこだ。困惑しながらも立ち上がり、状況を摑むため周囲を見回すと、自分が乗っていたのはタクシーでなく馬車で、茶色い地面はだだっ広い草原のあいだの、未舗装の道だったことに気づいた。

「ここ、どこ?」

「ウェルトン伯爵の屋敷だ。お客さんがここを指定したんだろう」

呆《あき》れ顔の中年男性は、やや急いだ様子で馬車の御者席にのぼった。

「え、ちょっ……」

「長くいたい場所じゃないんでね。お客さんも気をつけな」

そう言って、男性は馬車を走らせて去っていってしまった。

「なんなんだよ、一体」

伯爵、屋敷。現実とは思えない言葉の羅列が、背後を振り向いた瞬間、繋《つな》がった。金属製の大きな門がそこに鎮座していて、仁が立っている土の道が、門の向こうの広大な屋敷まで続いている。

「おいおい、本当に伯爵さまの屋敷って感じじゃねぇか」

思わず声をだしていた。日本中を探しても、眼前に広がる広大な敷地と、職人技を感じる洋式の屋敷というセットにはお目にかかれないだろう。建築のことなんて知らない。が、この屋敷が、文明開化以降の洋風建築とは一線を画すものであることは、感覚的にわかる。

つまり自分は、日本でない場所にいるということだ。

「いつの間に外国なんかに」
　服についた土を払い落とすため、腹から下を見下ろせば、見覚えのない服を纏《まと》っていて
さらに困惑した。今の自分は、焦げ茶色のスラックスというべきか、長い丈のズボンと、
似たような色のベスト、そして黒っぽい上着を着ている。しかし、そのどれもが既製服の、
あの単一的な生地で作られていない。足元も、買った覚えのないハイカットの革靴で、使
い込まれて柔らかくなっている。
　なにより、そのデザインが古めかしいのだ。物はそう古くないだろうに、形が昨今のメ
ジャーなデザインになっていない。
　まるで歴史のどこかにタイムスリップしたようだ。わけがわからず、立ち尽くしている
と、タイムスリップを裏づけるような荷馬車が、門の向こう側からこちらへ向かってきた。
そして門の手前で止まると、馬車を操っていた四十代くらいの大柄の男が降りてきて、門
を開ける。この男も、仁の着ている衣服と似たような生地の服を着ていた。
「あんた、仕事を探しにきたんだろう」
「えっ」
　仕事とはどういう意味だ。この門まで来るようさっきの馬車に頼んだのも自分のはずで、
その目的が求職だったということか。

「乗りな」

さっぱりわけがわからない。けれど、他に選択肢があるようには思えない。男は大柄で愛想もないが、悪人の気配もしないから、ともかく従うことにした。今の自分は荷物も持っておらず、ポケットを確かめてもせいぜい小銭しかない。日銭を稼がねば見知らぬ場所で野垂れ死にしてしまう。

「ああ、助かる」

二メートルほどの横幅の荷馬車は、馬一頭が引いている。御者席はベンチ型で、少々手狭でも細い大人二人なら並べそうだ。しかし、男が大柄なものだから、そこに仁が座る余裕はない。

仕方なく荷台に乗ると、中には芋や玉ねぎといった野菜と、鍬《くわ》とスコップ、薪《まき》が載せられていた。

「あんた、名前は？」

「仁だ」

「ジーンか。俺はトーマスだ」

「よろしく。いきなりなんだが、トーマス。今年って、何年だったかな」

「うん？　一八三五年だ」

「一八三五。って、いつだよそれ」

思わず言っていた。インフラ設備は言わずもがな、スマホやパソコンなしに一日を過ごすのはもはや難しい時代に生きていた仁にとって、一八〇〇年代の生活様式なんてまったく想像もつかない。

「どうかしたのか」

「ああ、いや、なんでもない」

明治維新は何年だっただろうか。一八〇〇年代といえば、その百年のどこかで文明開化が起こっているはず。混乱した頭の中でなんとか思い出すも、残念ながら、歴史の知識は公務員試験を最後に頭の中からどんどん消えていっている情報で、世界史は特に、成績があまり良くなかった。

「ここら一帯が伯爵の土地なのか」

「見える限りどころじゃない。ウェルトン地方全体が伯爵のものみたいなものだ。だから

ウェルトン伯爵だ」

「ウェルトン伯爵ね」

地方名を知っても、ここがどこかはさっぱりわからない。しかし雰囲気からは、ここはイギリスと推測している。

荷馬車が進むにつれ、屋敷の壮大さに圧倒された。表の玄関は使用人がずらりと並んで、主人を出迎えるのが似合いそうだ。しかし、仁は職を求めに来たはずの存在で、トーマスも明らかに労働者。豪華な玄関での出迎えがないだけでなく、荷馬車は裏口へと向かう。

裏口は、現代日本の一般的な建築物に慣れている仁にとっては豪華に見えたが、表とは明らかにランクが違う。そんな裏口からしか屋敷に入れないことに抵抗はなかった。人間社会には常に階級差が存在して、自分は真ん中から下に属する身だとよく理解しているからだ。

そこまで考えて、肝心な事実を思い出した。

待てよ。自分は確か、現代日本で死んでしまったのではなかったか。

（これってまさか、転生っていうやつか）

信じ難いがそうとしか思えない。突然外国に移動していただけなら、長期間、記憶を失ったという苦しい説明もつくだろう。しかし、時代まで違ってしまうと、転生以外の説明ができない。

第二の人生とでも捉《とら》えればよいのか。仕事に関しては、まさにこれからという年齢と経験値だった。神のいたずらといった現象で転生したのだとして、二度目の人生はその埋め合わせと解釈する以外、考えられない。

「執事のマイルズさんだ」

トーマスの声に意識が引き戻された。裏口のほうを見ると、燕尾服《えんびふく》に似た、質の良さそうな衣服を着た高齢の男性が立っていた。

「メイドを募っていたのですが」

少々困惑気味に言われ、そもそも自分がなぜ一八三五年のウェルトン地方にいるのかわかっていない仁は、答えようがなかった。

ともかく荷馬車から降りると、マイルズは表情を正してまた口を開いた。

「名前は？」

「仁だ。苗字《みょうじ》は諸井というんだけど……」

「ジーンですか。良い名前ですね。覚えやすい」

ジーンでなく仁なのだが。そこをつっこむ気にはなれず黙っていると、マイルズがすっと息を吸った。

「人手が欲しいことに変わりありません。ジーン・モロイ、ついてきなさい」

マイルズの言い方だと、純和風だと思っていた名前が洋風に聞こえてくる。

踵《きびす》を返したマイルズを追って屋敷に入ると、まずは土間のような空間が広がっていた。

内装はレンガ状に切り出された石と木で組まれていて、ひんやりした空気が漂っている。

休日なのか人気がなく、使用人が働くのだろうエリアをしばらく歩いて、台所を通りかかったところでやっと一人見かけた。六十代くらいの男性で、服装から察するに料理人だ。台に並べた野菜を睨《にら》み、考え事をしている。

「シェフのサイモンです」

マイルズは一瞬サイモンのほうに視線を向けただけで、廊下をずんずん進んでいき、最初に見えた階段を、足音を立てずに上っていく。仁もできるだけ音を立てず、後に続いた。

上階に出ると、景色ががらりと変わった。石がむき出しになっている壁も床もなく、豪邸の貫禄《かんろく》がそこにあった。ピカピカに磨かれた木の柱や扉、床板から天井のモールディングまで、芸術的なまでに繊細なデザインが施されている。廊下は先が見えないくらい長くて、どう考えても量産されていない調度品や、金の縁で囲われた絵画、そしてクリスタルがふんだんに吊《つ》るされた照明が延々と並んでいる。このどれもが手作りなのだと思うと、自分のものではないのにありがたみを感じるほどだ。

「ご主人様に質問をされなければ、あなたから話しかけてはなりませんよ」

長い廊下をまっすぐ進みながら、マイルズが言った。身分が低い労働者階級から、支配者階級の伯爵に話しかけるなということだろう。

「はい」

雇い主に話しかけられないとは。極端に感じるけれど、マイルズが決めたことでもないだろうから、素直に返事をした。

マイルズが一つの扉の前で立ち止まり、上着をびしっと整えた。

「ご主人様、新しいメイド……、使用人が来ました」

失礼しますと言って扉を開け、室内に入ったマイルズは、仁も入るよう視線で促す。

そこは書斎だった。壁一面の本棚に、カウチやテーブルまである。窓のそばの職人技が光るデスクに向かっているのは、予想を裏切る若い男性だった。

栗色の整った髪と、すっきりした顎《あご》と鼻筋、そして涼しげな目元と水色の瞳《ひとみ》が気高さを表している、二十代半ばの男性はウェルトン伯爵。上質な衣装を纏い、胸の前で指を組んだ姿は、洗練された貴族とはなんたるかを示すようだ。

「男ではないか」

伯爵の第一声には、感情が籠《こも》っていなかった。しかし、抑揚がないにもかかわらず、甘さを感じさせる印象的なものだ。座っていても背が高いのがわかる。屋敷の規模や称号から考えて、上流階級の中でも上位の存在だろう。そのうえ容姿や声質まで整っているとは、天は二物を与えたものだ。

「しばらくは、求職者が男になるかもしれません」

マイルズは少々言いづらそうだった。ウェルトン伯爵も、一瞬唇を力ませていた。

よほどブラックな職場なのだろうか。悪人面には到底見えない伯爵だが、上品そうなふりしてセクハラの常習犯という可能性もある。

そんなことを一瞬考えてみるも、刑事の勘は、伯爵に低俗な裏の顔はないと訴えている。そうすると、伯爵の思いどおりに女性のメイドが集まらないのが不可解だ。指摘もしないし質問もしないが、気にはなる。

伯爵は組んだ指を数拍見下ろし、視線を仁に向けた。

「子供の世話をした経験は？」

訊《き》かれ、仁は正直に首を横に振る。すると伯爵に残念そうな顔をされてしまい、考えるより先に付け足した。

「子供は嫌いじゃない。あと、護衛代わりにはなれる」

この若い伯爵は、子供の世話をするメイドが欲しかったのだ。自分が役に立たなければ、子供が放置される。その可能性を感じとると、適任者が現れるまでだけでも、自分に任せてほしいと思わずにはいられなかった。

勢いのまま言ってしまって、あとから敬語を忘れていたことに気づいた。伯爵とはいえ、自分より若いので、ついため口になっていた。

「と、思います」

慌てて補足するも、伯爵は特に気にした様子ではなかった。

「そうか」

小さく息を吐いた伯爵は、組んでいた指を解くと、おもむろに立ち上がり、こちらに向かってゆっくりと歩き出した。やはり背が高く、脚もすらりと長い。姿勢が良くて歩き方にも品がある。上品な西洋人に会ったのは初めてだ。交番勤務時も、私服警官になってからも、対応したのはあまり行儀の良くない観光客か、滞在資格も職業もあやふやな者たちがほとんど。問題のない人間とは縁遠い仕事だったと、本物の貴族を前にして思い出した。

「護衛ができると言ったな」

「体術なら少し。あとは防犯対策と、パトロールとか」

事件捜査だって可能だ。最後は死傷事件を担当する刑事課の強行犯係にいた。いきなり違う時代の外国に転生でもしない限り、大抵のことでは動じない自信もある。しかし、子守りにはまったく役に立たないスキルだから、言おうとは思わなかった。

それに、日本の近代警察の始まりは一八七一年。当時のフランス警察を参考に組織された。イギリスの警察事情は知らないが、犯罪捜査の進歩においてフランスと大差はないと推察している。つまり、今が一八三五年なら、警察組織が存在するかも怪しく、自分の知識や経験を周囲に知らせてしまうと、歴史が変わってしまうかもしれないのだ。

(なーんて、こんなタイムスリップと転生を足した状況自体がまるで冗談だし、歴史になんてこれっぽっちも関係ないんだろうけど)

まさか求職者の心の独り言がこんな内容だとは知る由もない伯爵は、三歩ほど離れたところで立ち止まり、仁の瞳をじっと見据えた。

まっすぐな視線は、人間の質を見抜こうとしている。

子守りの役にはあまり立てなくとも、人間としてはまっとうなつもりだ。臆《おく》さず見つめ返せば、伯爵は納得したように頷《うなず》いた。

「二週間前、子供たちの母親、つまり妻が亡くなった」

「それは……、ご愁傷様です」

こんなに若いのに、妻を亡くしてしまうとは。会ったばかりの相手でも、胸が痛んだ。

思わず目を伏せると、その様子を、伯爵はなぜかじっと観察していた。予想外の視線が気になり、顔を上げると、また本質を探るような鋭い眼差《まなざ》しが向けられていた。

(妻を亡くして気が立ってるのか、それともよほどの人間不信か)

大切な子供の周りに置く人間を探しているのだから、慎重になっても不思議ではない。

しかし、涼しげな表情の向こう側に、何かただならぬものがちらついているのは確かだ。

（今日のところは、跡継ぎを死守したいってことにしておこう。いきなり詮索《せんさく》するわけにはいかないからな）

伯爵が抱える〝何か〟が何であっても、大抵のことでは動じないし、対処できる自信もある。目を逸《そ》らさずに応《こた》えると、伯爵はまた納得した顔をした。

「子供たちの世話以外にも、手が足りていないことはある」

その一言で、採用が決まった。諸井仁巡査部長ではなく、ジーン・モロイとしての日々が、静かなスタートをきった瞬間だった。

「部屋へ案内してやってくれ」

「かしこまりました」

伯爵はデスクに戻ると、もう仁のほうを見なかった。

マイルズについて廊下に出ると、しばらくして壁にかかっている伯爵の肖像画を見つけた。豪華な金縁に収まっている肖像画の下には、伯爵の名が書かれた立派な札もある。

「第五代ウェルトン伯爵、オーガスト・シャンドル」

今会ったばかりの美貌《びぼう》の伯爵は、オーガストという名だった。ウェルトンは統べる地方の名ということか。

「ずいぶんと若いな」

隣には歴代の伯爵の肖像画が並んでいて、他の四人は中年か初老の男性の画なのに、オーガストだけは少年と呼ぶのがしっくりくる。

「十八歳で爵位をお継ぎになりましたから」

マイルズは年齢的に考えて、先代に仕えてのちオーガストに仕えているのだろう。

それにしても、オーガストは若くして家族を亡くす運命にあるようだ。父親も早逝だったのだろうし、妻にまで先立たれるとは。

「伯爵の母君は、この屋敷に住んでるんですか」

「いいえ。伯爵は幼いころに母君を亡くされています」

「そう……ですか」

家族の縁に恵まれない星があるなら、オーガストはその下に生まれてしまったらしい。

死因が気になってしまう。職業病と言わざるを得ないだろう。ただ、この時代の医学技術だと、若くして亡くなる人間も二〇〇〇年代より多かっただろうから、刑事の血が騒ぐような死因ではなく、オーガストに不幸が重なっただけという可能性も十分ある。

一つわかるのは、気になる点が多い屋敷だということ。時代や国の違いでは説明がつかない不可解な何かが、静けさの中に漂っている。

さっき使った階段にたどり着いた。マイルズが振り返る。

「階下に使用人が使う個室がありますよ。一部屋を自由に使っていいですよ」

階段を下りると、世界が変わったように質素になった。


ウェルトン伯爵家の規模の屋敷では、使用人には個室が与えられる。転生前までの記憶しかなく、ゆえに自分の寝床がこの世界に存在するのかもわからず、金どころか着替えすら持っていない仁にとって、自室をあてがってもらえたのは渡りに船だった。部屋にはベッドや小さな棚、簡易な机と椅子《いす》まである。寝具やシーツの予備も置いてあり、タオルと同じ用途なのだろう、大小の手ぬぐいもあった。

「他に必要なものがあれば、相談してください」

部屋へ連れてきてくれたマイルズは、表情は変えないまま、しかし穏やかな口調でそう言った。

「着替えって、借りられるものなんですか？　俺、何も持ってなくて」

「ふむ。探してみましょう」

そう言って、マイルズは出ていった。

部屋についている小さな窓の外を見ると、陽が落ちようとしていた。仕事始めは明日になるということだろう。ベッドの寝心地を試したり、椅子に座ってみたり、のんびりマイルズを待っていると、ふと、あることに気づいた。

屋敷の中はひどく静かだ。上階は一部を見ただけだが、これほどの規模の屋敷なら、清掃係だけでも複数人が毎日働いていそうなものなのに、さっき会ったトーマスとシェフのサイモン以外、誰ともすれ違わなかったし、今だって誰の声もせず、横に連なっている使用人の部屋の扉が開閉される音も聞こえない。

不思議に感じつつ、静かに待っているとマイルズが戻ってきた。服を見繕ってきてくれたようだが、その表情は浮かない。

「これくらいしかありません。近いうちに街で新調するしかないでしょう」

渡されたのは、なんと女性用の黒いブラウスとロングスカートだった。ギャザーの入ったスカートにはペチコートまでついてきて、穿《は》くとひらひら動くのが容易に想像できる。メイドの制服なのだろう、エプロンまでついてくる。西洋の女性は体格が大きい人も少なくないからか、サイズは問題なさそうだ。

しかし、三十歳の男が着るには可愛《かわい》すぎる。仁自身はただの作業着として受け入れられても、周囲が引いてしまいそうだ。笑いのネタになるならともかく、不快にさせるのは申し訳ない。

「鏡を持ってきましょう」

そう言って、マイルズが気を利かせて鏡を持ってきてくれた。Ａ３判ほどの鏡に、女性もののブラウスをあてがった自分を映した瞬間、仁はその光景に息をのんだ。

「えっ」

鏡の中には見慣れた三十男はおらず、中性的な印象の若者がいた。襟足に届く長さの髪は黒く、目は茶色い。眉《まゆ》もまつげも黒色だが、顔のつくりが完全に白人のそれなのだ。

（まったくの別人になってたのかっ）

どうりで、ジーンと呼ばれるわけだ。怪しまれなかったのも、東洋人の平らな顔でなかったからということか。

（しかも若くて、なかなかのイケメンだ）

歳《とし》は二十くらい。気の強そうな目元の、美少年的な顔立ちだ。自分で言うのもおかしな気分になるが、本当に、美形になっている。

「とりあえず、着てみます」

この顔立ちなら、女性の衣服を着ても噴飯ものにはならないだろう。マイルズが部屋から出ていくと、さっそく袖を通した。

「案外、着心地は悪くないな」

厚手のブラウスは、肩の部分がパフスリーブになっているおかげできつくなく、胸元を強調するデザインでもないので、裾《すそ》をスカートの内に入れてしまえば違和感はなさそうだ。スカートも、少々重いが裾が広いので大股《おおまた》歩きもできるだろう。

もう一度鏡を見ると、男性であることに変わりはないものの、それなりに様になっているメイドがいた。

「こんな感じになったんですけど……」

部屋を出てマイルズに見せると、悪くない反応をされた。

「仕事着としては十分でしょう」

「伯爵も、こんなのが屋敷をうろついて平気なんですか」

「許可は取ってあります」

あとは子供たちがおかしいと思わないかどうかが重要だろう。もし子供の世話を任せられるのならの話だが。

「マイルズさんがそう言うなら」

仕事着が無事に決まった。制服だと思えばスカートもあまり気にならない。もとより服装にこだわりはない性質《たち》だ。

翌朝、伯爵邸の使用人としての仕事が始まった。マイルズに教わりながら、上階で使われる予定の部屋の掃除をし、上階用の朝食のお茶を用意した。屋敷は三階建てで、二階と三階が主人たちの暮らす上階である。広大な屋敷はひっそり静かで、掃除をしたのも、主人が使う食事の部屋と、子供の遊び場だろう、人形や輪投げのような玩具《おもちゃ》が置いてある部屋くらいだ。

掃除をしながら感じたのは、掃除機の便利さだった。ほうきとはたきと雑巾だけでは、なかなか思うように掃除ができない。そしてもう一つ、感じたのは、この時代に沿った生活能力が自分に備わっていることだ。チート能力とでも言えばいいのか。主な光源である蠟燭《ろうそく》の扱いも、当然のごとく各部屋に備わっている暖炉も、不便な水汲《みずく》みも。見るのも初めてなはずのものが、感覚的に使い方や注意点を理解できているのだ。

「マイルズ」

玩具のある部屋の掃除を終えようとしていたとき、伯爵が入ってきた。燕尾服のように背面が長く、前はウエスト丈の黒い上着と、光沢のあるマスタード色のベスト、首元は白いクラバットで、昨日と違《たが》わず上質な空気を漂わせている。

マイルズが伯爵に身体を向けて姿勢を正した。仁も倣って伯爵のほうを向いた。

「ご主人様、アンドリュー坊ちゃまとローズお嬢様」

伯爵の足元には、二人の子供が隠れるようにして立っていた。背丈が同じで、服装の上等さも変わらない。そして坊ちゃまお嬢様と呼ばれるなら、この二人が伯爵の子ということだ。

(双子だったのか)

ふわっとした栗色の髪と、赤みがさしたあどけない頬《ほお》。男児は青い目、女児は緑の目をして、長いまつげでふちどられたくりっとした目元が印象的だ。揃《そろ》いの布で仕立てられた服を着て、父親の後ろに隠れている二人は二卵性双生児。似ているけれどそれぞれの美貌が備わっていて、仁は生まれて初めて、人間を天使のようだと思った。

「お父様、この人が新しいメイド?」

「そうだ」

アンドリューのほうがより仁に興味を示していて、伯爵の背後で話したそうにうずうずしている。

可愛い子供たちだ。貴族らしい服装で、一見すると気位が高そうだが、中身は好奇心が次々芽生える、可愛い盛りの子供なのだ。

「おはよう。アンドリュー、ローズ。俺はジーンだ。よろしくな」

しゃがんで子供たちに目線を近づけると、マイルズがびくりと肩を揺らしたのに気づい

た。

カジュアルすぎただろうか。子供と話すときは、同じ目線で話すのがいいと、警察の講習で教わったからそうしたのだが。貴族の子供には通用しないかもしれない。

その心配は杞憂《きゆう》に終わる。アンドリューはオーガストの陰から出て、仁の目の前まで駆けてきた。

「おはよう。ジーン」

大人に対等な目線で話しかけられたのが初めてなのだろう、嬉《うれ》しそうに笑って、今すぐにでも遊びたそうだ。

「アンドリューは今いくつなんだ？」

「五歳だよ」

（うまくいったかな）

アンドリューに対する第一印象作りは成功した。しかし、ローズのほうは慎重な性格らしく、仁の人間性を見定めようとするような、少々冷めた視線でこちらを見ている。

（性格は父親似かな）

一般的に女児のほうが精神的な発育が早いというし、ローズに懐いてもらうには時間がかかりそうだ。

「いつもこの部屋で遊んでるのか？」

「うん。見て、この輪投げ。僕、上手なんだよ」

「そうか。あとでやって見せてくれ」

まるで友達のように話しだした仁を、オーガストもマイルズも止めようとしなかった。おそらく、オーガストがいる場では、マイルズは主人の意向なしに物事を決めない。オーガストが仁の態度に問題がないと判断するなら、それが屋敷のルールになるということだろう。

「これは私のお人形」

ローズがいくつもある人形の一つを抱き、仁に見せてきた。アンドリューが楽しそうにしているから、自分も輪に入りたくなったようだ。

「きれいな人形だ。こんなに良いものは初めて見たよ」

「着替えのドレスだってあるのよ」

少々ませた口調のローズによる、人形紹介が始まった。アンドリューも言いたいことが色々あるようで、次第に双子の声が重なって何がなんだかわからなくなってきた。

「いい玩具がたくさんあるな。今すぐ遊びたいところだけど、掃除道具を片づけて、手も洗わなきゃならないから、ちょっと待っててくれ。すぐ戻る」

自分でも意外なほど、二人との初対面はうまくいった。しかし、このスタンスで本当によいのかわからない。マイルズに目くばせをすれば、部屋の外に出るよう視線で促された。

「失礼いたします」

オーガストに頭を下げて、子供たちにも軽く頭を下げたマイルズについて部屋を出た仁は、さっきの態度を注意されると確信した。執事が頭を下げるのは、主人と同格の人間。つまりあの双子も、ため口で話していい相手ではないということ。

しかし、仁のあとから部屋を出てきたオーガストの表情は不満の影を感じさせなかった。

「子供たちがあれほどすぐに懐くとは思わなかった」

「自分でも意外なんで」

人差し指で頬を掻《か》く仁に小さく頷いたオーガストは、一歩詰めて小声で言う。

「子供たちのそばで、母親のことは話題にしないでくれ」

表情や声音に起伏が乏しいオーガストだが、子供たちのことを思いやる姿は真剣だった。

「まだ、思い出すのも辛《つら》いでしょうね」

二週間やそこらで親を亡くした傷が癒《い》えるはずがない。そう思って言ったのだが、オーガストはどこか忌々しげに答える。

「母親は二人の世話をしなかった。あの子たちが懐いていたのはメイドやガバネスだった」

　上品さは損なわないままで、言い捨てるような口調が気になった。それに、自分の妻を言い表すのには他人事《ひとごと》のようなのもひっかかる。

　愛のない政略結婚の末、双子の母親は育児放棄したのだろうか。この時代の貴族男性に子守りや子育てを望むのは無謀といっても過言ではないだろうから、オーガストが子育てに関《かか》わっていなかったのは想像に易《やす》く、また、双子の母親が育児をしなかったのは、常識的でないと判断されるものだったに違いない。

　ともかく、母親のことは子供たちが何か言わない限り、知らんふりをするほかなさそうだ。

「勉強も行儀作法も今はいい。しばらくは、何も気にせず子供らしく過ごさせてやりたい」

　この要望には大いに賛成だ。子供は遊びを通して衝撃的なできごとやネガティブな経験を消化、整理すると聞いたことがある。それに、五歳といえば未就学児。双子にとっては遊びが仕事であってもいいはずだ。

「了解」

　そうと決まれば、遊びのネタを考えねば。屋敷の外だって終わりがなさそうなほど広い敷地があるから、できることはたくさんあるだろう。

それにしても、まだ転生の事実を受け入れきれていないのに、職探しに成功してしまった。しかもやりがいのありそうな仕事を。

「ジーン」

まっすぐ仁を見つめたオーガストは、パフスリーブに隠れた肩を摑んだ。

「頼んだぞ」

瞳を射るように鋭い眼光は、裏切りは絶対に許さないという無言の圧力に感じられる。子供への愛情だけでは説明に足りない、呪縛《じゅばく》に近い迫力に、仁は威圧されるどころか好奇心を掻き立てられた。

(やりがいのある職場みたいだな)

伯爵が秘めている何か。夫人の早逝に、異常な使用人不足。

元刑事の血が騒ぐ。

仁は口角を上げて頷いた。

初めての子守りに追われ、あっという間にひと月が経っていた。メイド業はすこぶる順調だ。子供たちは素直で仲が良い。ローズは最初、あまり外で遊びたがらなかったが、人形を連れてピクニックに行った日を境に、外遊びにも積極的になった。アンドリューは遊びに好き嫌いはあまりなく、屋敷の中でも外でも楽しそうにしている。おかげで、子守りの経験がなかったにもかかわらず、仁は双子と楽しく過ごしている。毎日全力だ。洗濯や掃除といったメイドの仕事も、子供たちの相手をする合間にせねばならない。洗濯も掃除も手作業だから時間がかかるし、日本と同じでよく雨が降る気候では、物干しのタイミングもまた難しい。昨日はせっかく干したシーツが雨に降られて、今日は二倍の洗濯量だ。

「これは、無理だな」

シーツの山を前に、仁は大きく溜《た》め息《いき》をついた。洗濯桶《おけ》にも入りきらないとなると、何度も手洗いすることになるが、そんなことをしていては昼を過ぎてしまう。

「よし」

考えたのは、人手を増やすことだった。体力があって、水遊びを面白がりそうな人手を知っている。

「アンドリュー、ローズ、ちょっと手伝ってくれ」

今日は天気も良くて、気温もなかなか高い。水遊び、もとい、洗濯にはちょうどいい。

「なんの手伝いをするの？」

わくわくしたいい表情でアンドリューが仁の真後ろをついてくる。そのあとに、ローズもついてきた。

「洗濯だ」

貴族の子供に洗濯をさせようなんてメイドは、国中を探しても仁くらいだろう。仁の言動はもともと粗野なところがあって、執事のマイルズがときどき眉を寄せているのは知っている。洗濯の手伝いなんてさせたら、さすがに叱《しか》られそうな気もするが、背に腹は代えられない。

「お洗濯するの？」

ローズのほうが、身分による生活と役割の違いに敏感だ。階下で起こることは自分が関わるものではないという階級社会の在り方をはっきり認識している。しかし、屋敷の人手が足りていないことも理解していて、さらには仁のメイド仕事を見下したり馬鹿にしたりしない高潔さも備えているという、非常に利口な子だ。

階下は通らず、庭からまわって洗濯場まで双子を先導した。

仁が双子を連れてくるあいだに、トーマスが桶に水を張ってくれていた。トーマスは無口だが力持ちの良いヤツで、水汲みを頻繁に手伝ってくれる。仁が男だとわかっていても、メイド服のせいか腕力については頼りなく見えるようで、濡《ぬ》れた洗濯ものを運ぶときも、すっと現れて、何事もないように助けてくれるのだ。

「ああ。けっこう面白いんだぜ。こうして、この大きな桶に水とシーツを入れてな」

水の中にシーツを沈め、石鹸《せっけん》を溶かしていくと、アンドリューはやってみたそうな顔をして、ローズは洗濯の仕組みに興味が湧《わ》いたようだった。

「泡が立ってきたところに、こうして足で踏んでいくんだ」

着物の尻端折《しりはしょ》りの要領でスカートの裾をたくし上げ、素足になって桶に入り、少々大げさに膝《ひざ》を上げてはシーツを足の裏で揉《も》んでいく。

「僕もやる」

「そうか。アンドリューは上着とブリーチを脱いでくれるか？　濡れると困るから」

「はーい」

アンドリューは、二〇〇〇年代でいうプールを前にした子供のように、あっさり上着と半ズボンのブリーチを脱ぎ、裸足《はだし》になった。上はシャツ、下は膝丈のステテコのような下着で、生地はしっかりしているから、他人の目がない今なら十分だ。

「始めるよ」

「おう」

ばしゃんと音がする勢いでアンドリューが桶に入ってきた。シーツを踏んだり、つま先で水面に八の字を書いたり、自由に遊んでいる。

「ローズはどうする？」

アンドリューが楽しそうにしていると、ローズもだいたい参加してくる。しかし、慎重な性格なので何かひっかかっているようだ。

「私もドレスを脱がなきゃいけないの？」

「そうだなぁ。レディだからそのままでいいか。スカートだけはこうして裾を上げるけど」

ローズの場合は、プライドの高さに合わせて、レディと認識していることを伝えると、機嫌も良くなり前向きになる。今回も納得した表情で靴下を脱いだ。

「それならいいわ」

スカートの裾を端折ってやると、さっそく桶に足を入れていた。仁はもう一つの桶に別のシーツを入れ、石鹸を泡立て、足で踏んでいく。

「今日は暖かいから、水が冷たくて気持ちいいな」

「「うん」」

バシャバシャと音を立ててシーツを踏む二人を眺めながら、仁も童心に返っていた。否、戻りたい子供時代なんてなかったから、あのころに得られなかった、世界を曇りない目で見る感覚を、二人を通して学んでいる。

ギャンブルと酒、ネグレクトと暴力。それが仁の両親を形容する言葉だ。中学生になるまでどうやって生き延びたのか、自分でもわからないほどひどい家庭環境で育ち、それが当然のように非行に走りかけた。しかし根っこの部分は正義感が強かったから、犯罪に手を染めることはなく、警官を目指すきっかけとなったある刑事との出会いによって更生できた。

真っ暗な過去を、二人が少しずつ浄化してくれている気さえする。未《いま》だに転生の原因や理屈は不明で、刑事の仕事に未練もあるけれど、毎朝自室のベッドから起き上がるときは憂鬱《ゆううつ》でも億劫《おっくう》でもなく、充実した一日にしたいと自然に思うほどにはウェルトン伯爵家のメイドに馴染《なじ》んできている。

ただ一つ気になるのは、双子に友達がいないことだ。敷地が広大でお隣さんは遥《はる》か遠く、近隣に同等レベルの貴族家もおらず、アンドリューとローズはいつも二人きり。仕方がないのだろうと最初は考えていたけれど、昨日アンドリューが気になることを言っていた。

「吸血鬼がきたぞー」

兵隊の形の駒《こま》人形を持ったアンドリューがローズの人形に襲いかかるそぶりを見せた。

するとローズは、悪い冗談を鬱陶《うっとう》しがるような反応ではなく、恐怖と嫌悪に美貌を曇らせていたのだ。

この時代においての吸血鬼の認知度はわからないが、多くの人間が知っていたとして、五、六歳の子供に教えるものだろうか。不気味な童話などは、生活における教訓を教えるものだったりするけれど、吸血鬼がその一部とは思えず、双子がどこでどうやって吸血鬼の存在を知ったのか、不可解に感じた。

もう一つ気になることがある。それは、この広大な屋敷には以前、五十人近くが勤めていたのに、双子の母親が亡くなったのを機にほとんどが辞めていたこと。庭師のトーマスも、執事のマイルズも、シェフのサイモンもこの関連性は一切話さなかったが、個々に話を聞いてまとめると、双子の母親が亡くなった理由に、大量退職の原因があったと推測できた。

バランスを欠いた屋敷の現状を解く最後のピースは、吸血鬼ではないか。諸井巡査部長だったころからの勘はそう囁《ささや》く。このひと月で、この世界は異世界なんかではなく、地球上の西暦一八三五年の十月だと確信できた。魔法や怪物の類《たぐい》は一切存在していない。ならば、なぜアンドリューが一度だけ放った吸血鬼という言葉がカギだと思うのか。それは、一斉に使用人が辞める事態を起こせるのは、亡くなった双子の母親、伯爵夫人が吸血鬼に殺された場合ではないかと考えたからだ。

仁は吸血鬼なんて信じていない。だから、アンドリューの一言を聞くまで、吸血鬼なんて可能性は思考を掠《かす》めもしなかった。が、幽霊や怪奇現象を根強く信じているだろうこの時代の人々は、死因や遺体に怪しさを感じたら、吸血鬼の存在を持ち出してもおかしくない。

「きれいになってきたんじゃない？」

アンドリューの声で意識が洗濯に戻ってきた。

「ああ。上手だ。そろそろすすごうか」

踏む作業を終えようとしたとき、向こうに白馬に乗ったオーガストの姿が見えた。

「お父様だわ」

ローズは慌てて桶から出て、スカートを下ろした。アンドリューはというと、まったく気にせず、桶の中から手を振っている。

（やっべぇ……）

マイルズに見つかるより先にオーガストに洗濯の現場を見られるのは、想定外だった。

貴族家庭では大人、特に男性は子供とあまり関わらないのが普通のようで、オーガストは日中、子供たちの様子を見にくることもあまりない。なのでこのひと月、自由に遊んできたのだが、よりにもよって召し使いの仕事をさせている場面でオーガストが出てくるとは。せっかく子供たちが懐いてくれたけれど、子守りの役からは外されてしまうかもしれない。こちらに近づいてくるオーガストが、普段は乏しい表情を険しくする悪い予感を抱きながらも、仁は自分が踏んでいた桶の石鹼水を排水路に流した。

パカパカと馬の足音がそばまで来たので、立ち上がってそちらを向くと、単独で乗馬に行ってきただけなのに、帽子からブーツまで隙なく身なりを整えたオーガストと目が合った。

(絵に描いたような貴公子だな。まあ、本当に本物の貴公子なんだけど)

白馬が似合う人間を初めて見た。といっても、騎馬隊か競馬場の騎手くらいしか馬に乗った人間を見たことがないが、ともかく、プリンセスやらおとぎ話やらの類にまったく関心のない仁ですら、貴公子と思わせるオーガストの存在感は真の一級品だ。

「お父様、見て、洗濯はこうやってするんだよ」

近づいてきたオーガストに、アンドリューが笑顔でシーツを踏んでみせる。ローズは関わっていたことを隠したそうだが、裸足なのでオーガストも気づいているだろう。

子供が召し使いの領域である洗濯に参加していたことに、ウェルトン伯爵はなんとも言い難そうな表情で、かける言葉を思案しているようだった。アンドリューは楽しげで、ローズはコメント待ち状態。子供たちに苦言を呈するわけにもいかず、仁に対しても、子供の前では咎《とが》めたくないのだろう。

それに、深刻な人手不足はオーガストが一番よく理解しているはずだ。仁が子供たちに洗濯の手伝いをさせた理由も勘づいてはいるだろう。

「そうか。初めて見た」

馬の上からアンドリューに答えたオーガストは結局、洗濯を止めようとはしなかった。

「ジーンがね、僕たち上手にできたって」

胸を張るアンドリューの無邪気さに、無表情ぎみのオーガストも頬をほころばせる。

「何事も成果を残せるのは良いことだ」

前向きなコメントを残して、オーガストはマッドルームのほうへと馬を歩かせ去っていった。

(とりあえずは、お咎めなしかな)

あとからマイルズを通して何か言われるかもしれないが、子供たちを萎縮《いしゅく》させるような結果にならなくてよかった。

「ローズはどうする？　続きもやるか？」

「うん」

さっきのオーガストの言葉が効いたようで、すすいで絞って干す行程も、アンドリューと一緒に手伝ってくれた。

「任務完了。よくできました」

風に揺れるシーツを背に敬礼すると、アンドリューもびしっと敬礼をした。ローズはレディらしくスカートを持ち上げてしゃがんで礼をする。

「乾いたら完成なの？」

ローズは自分が洗ったシーツの行方が気になったようだ。働いたからにはこのシーツがきちんと有効活用されることを確かめたいらしい。

「乾いたら取り入れて、畳んで片づけて、完了だ」

乾かすだけで終わらないことを知った双子は、こんなに大変だったのに、まだ作業が残っているのかと驚いた顔をした。

「せっかくだから乾いたシーツを今夜使おうか」

今日の洗濯物には、二人とオーガストのベッドに敷くシーツも含まれていた。予備と交換して順に使っていくものだけれど、交換しなくたって問題ないし、今夜使えば、自分の上げた成果を文字通り肌で感じることができる。双子はわくわくした表情で笑い合っていた。

屋敷の中に戻った仁は、双子を玩具部屋に残し、午餐《ごさん》の準備に向かった。サイモンの料理はいつもうまそうで、上階の食事を運び終えたあとにしか食事ができない仁はいつも腹の虫が鳴りそうになるのを堪える羽目になる。

「貴族ってのは、やっぱり良いものを食うんだな。いつ見てもうまそうだ」

一日の食事は、朝夕にがっつり食べて、昼食はパンと、味わいの足しにハムやジャムを添えるような軽い食事が本来の食事形態なのだそうだ。しかし子供たちは一度にたくさん食べられないので、現在は三食の量はあまり変わらないようにしているという。

一番質素なはずの昼食は、晩餐《ばんさん》のメニューを一部先取りしたようになっていて、今日の献立はクリームソースがかかった鶏肉や新鮮な野菜のソテー、焼きたての白いパンに、もぎたてのオレンジ。仁からすれば豪華な食事だが、サイモンは不満足そうに顔をしかめる。

「本来の伯爵邸の食事はこんなもんじゃあない。そもそも伯爵とお子さん方が一緒の席に着くのもおかしいんだ」

「そうなのか」

「ああ、お前さんは知らないが、伯爵にお出しするのはもっと良いもんだったんだ。人手が足りてりゃ俺だって凝ったものを作れるし、お子さん方に献立を合わせずに済んだ」

料理人のプライドは現状を許せないようだ。すべては使用人が大量に離職したことに起因する。そろそろその理由が聞けるかもしれない。

「その人手は、なんでいなくなったんだ」

　声を落として訊けば、サイモンは険しい表情になり、言いかけた何かを飲み込んで、小さく息を吐いた。

「俺は伯爵家のシェフだ。それ以外にはならねえって決めて生きてきた。だが他のやつらは違った。薄情者ばかりなんだよ、世の中ってのは」

　吐き捨てたサイモンは、薄情者でなかったトーマスとマイルズ、そして仁のぶんの昼食を作り始めた。

（薄情者ねぇ）

　やはり、大量離職の原因は、物理的に証明されていない何かが原因だ。吸血鬼騒動がただの妄想で終わらないだろう予感に、警官としての達成感と、使用人としての心苦しさが胸の中で混じり合うのを感じた。

　上階の午餐をテーブルに並べた仁は、階下に戻り、サイモンの作ってくれた昼食を食べた。芋やパンが多い食べなれない料理ばかりなのだが、上階の食事に使いきらなかったソースや付け合わせもあるので、仁にとっては豪華な食事だ。うまいうまいと食べるから、絵に描いたような職人気質のサイモンも、悪い気はしないようで、ぶっきらぼうにおかわりを勧めてくれるようになっている。

「お前さんはなかなか骨があるようだ。薄情者でもねぇな」

子供たちは可愛いが、メイドの仕事と合わせれば毎日重労働だ。それでも文句を言わずにいるから、サイモンの眼鏡《めがね》にかなったらしい。

「この屋敷にいればこんなにうまい飯が毎日食えるんだから、もうどこにも行けねえよ」

一口ぶん残していたパンで皿に残ったソースをさらい、文字通り皿を空にすると、サイモンは満足そうに唇の端を緩めた。

昼食が終わると、夜までノンストップだ。中でも入浴が一番大変で、ボタン一つ押せば快適な温度の湯が風呂《ふろ》に溜まるわけではない。暖炉で沸かした湯をバケツを使って湯舟に移し入れていくから、効率が悪く時間も体力も要《い》る。仁が現れるまで、ほとんどを六十歳のマイルズがやっていたというのだから、本当は女性のメイドが欲しかったのに仁が雇われたのも頷ける。

ローズとアンドリューを交代で風呂に入れて、寝間着を着せたら寝かしつけだ。最初は二人とも自分からベッドに入ってすんなり寝ていたが、本当は心細かったのだろう、仁に懐いてくると、ベッドサイドで話をしてほしいとか、本を読んでほしいと言ってくるようになった。

今夜も、ローズの部屋にアンドリューがきて、本を読んでほしいと強請《ねだ》ってきた。ベッドに腰かけ、リクエストの本を開くと、ローズとアンドリューにぴったりと挟まれた。

一ページほど読んだところで、寝間着の上にローブを羽織ったオーガストが部屋に入ってきた。オイルランプを手に、子供たちの様子を見にきたようだ。

「そろそろジーンも休む時間だ」

「「はーい」」

子供たちはオーガストに反抗しない。二人ともともとから聞き分けもいいのだけれど、それこそ言葉を話すようになったころから、家長が絶対の主《あるじ》と教えられてきたのだ。もう慣れてきたが、最初は時代劇を観ているようだと思った。

「おやすみ、ローズ」

まずローズを寝かせ、布団をかける。額を撫《な》でると嬉しそうに笑った。

「おやすみ、ジーン」

枕元《まくらもと》の蠟燭立てに、ポケットに忍ばせていた短くなった蠟燭を立て、火をつけた。三十分ほどで火が消えるはずで、そのころには子供たちも眠っている。真っ暗にすると心細いから灯《あか》りが欲しいと言われ、最初は蠟燭を消しに戻ってきたのだが、短い蠟燭を使えば戻らずに済むことに気づき、以来、上階では使わないはずの短い蠟燭を、ポケットに二つ忍ばせているのだ。

「おやすみ、ローズ」

オーガストもローズの額を撫でているのを視界の端に見つつ、仁は壁一枚挟んで隣の寝室にアンドリューを連れていき、ベッドに寝かせて短い蠟燭に火をつけた。

「いつもより心地良いんじゃないか。シーツが洗いたてだから」

「うん」

約束どおり、二人が洗ったシーツをベッドに敷いた。それも二人の目の前でやってみせたから、より達成感があるようで、アンドリューはシーツをめいっぱい撫でた。

「おやすみ、アンドリュー」

「おやすみ、ジーン」

今日の任務は無事終えた。警官だったころとは違う、人の体温のような温かい達成感を覚えつつ、アンドリューの部屋から廊下へ出ると、オーガストがそこに待ち構えていた。

やはり、家事を手伝わせたのを注意したかったのだろう。悪いことをしたとは、正直なところ思っていない。が、伯爵家の規律に反するのはわかっているので素直に謝ることにする。

「洗濯のことは悪かったと思ってます。どうしても時間が足りないからつい」

「構わない。自分たちの生活がどうして成り立っているのか、知っていて困ることはないだろう」

間髪入れずに答えたオーガストは、仁を責める気などまったくなく、規格外の子守りに意義すら見出しているようだ。向けられている視線はまっすぐで、むしろ仁のほうから言いたいことがあるなら今だと語りかけているように感じる。

オーガストが真実を話す気になっている可能性にかけて、仁は口を開いた。

「俺が言うことじゃないとは思いますけど、さすがに人手が足りないんじゃないかと。掃除もまったく行き届いてないし、子供たちの世話も、特にローズは、本当は髪を結ったり服装ももっと工夫したりしたいはずです」

子供たちの世話は楽しい。自分なりに全力でやっている。だが、ローズに関してはやはり、やりづらいこともある。メイド服の効果か、今のところ入浴なども簡単に手伝っていて、ローズも不快そうではないけれど、何事においても階級、立場、そして男女の差をはっきりと認識して生活すべしとされているから、支障が出るのは時間の問題だ。

思っていることを正直に言えば、オーガストの部屋が集まっている一角のほうへ手招きされた。後をついてしばらく廊下を進むと、子供部屋に声が届かなくなったところでオーガストが振り返る。

「ジーンは神を恐れているか？」

「いいえ」

即答すると、訊いたオーガストのほうが驚いたように眉を上げた。神の存在を信じて疑わないだろう相手に、まったく信じていないと言いきってしまい、異端視される可能性があったことを思い出した。

「いや、天災とかは確かに怖いですけど」

慌てて付け足すと、オーガストは納得したのか小さく頷いた。そして、仁のほうへ向き直り、真剣な視線を仁の双眸《そうぼう》に向ける。

「なぜ使用人がいなくなったか、教えよう。だがその前に一つ、子供たちはジーンに心を開き、懐いていることを覚えておいてくれ」

要は、何を聞いても逃げるなということだろう。子供たちがこれ以上寂しい思いをしないよう、父親として心底案じているのが伝わってくる。

「よほどのことでも驚かない自信があります」

本心からそう言ったけれど、オーガストは信じきれていないようだった。しかし、短い息を吐くと、意を決したように口を開く。

「妻は、吸血鬼に殺された」

断言された瞬間、指先からピリッとした刺激が走るのを感じた。

やはり、吸血鬼が原因だった。

推理が的中した抗《あらが》い難い達成感が湧き上がるのを感じながらも、表情に出さないよう堪えていると、苦笑されてしまった。

「本当に驚かないな」

「実は、昨日アンドリューが吸血鬼と言っていたから、なんとなく気になっていて」

アンドリューが言わなければ、吸血鬼騒動なんて想像もしなかった。

「そうか」

できれば子供たちには知ってほしくなかったのだろう。オーガストは眉を寄せて俯《うつむ》いた。

「夫人の死因を吸血鬼の犯行と断定する理由は？」

これが気になって仕方なかった。吸血鬼なんて突拍子もない発想にたどり着いたのはなぜなのか。

「首元に歯形の傷があり、全身の血が異常に少なかった」

それを聞いた瞬間、吸血鬼でなく、人間による他殺が確定した。意図的に血が抜かれない限り、大怪我もなしに、人間が失血死することはない。生きている人間から相当量の血を抜くのは困難だ。普通の人間は抵抗するし、できない状況に置かれていたなら薬物か拘《こう》束痕《そくこん》が残る。最終的な死因は失血だったとしても、その前段階が存在する、計画的犯行と見て間違いないだろう。日時まで計画されていたかは問題ではない。重要なのは、それをやってのけた犯人がいるということだ。

「他に遺体の特徴はなかったんですか。手足や首を拘束されたような鬱血痕《うっけつこん》とか、口から泡をふいていたとか」

まくし立てるように訊いてしまっていた。訝《いぶか》しげな表情を向けられ、我に返った。

「なぜ、そんなことを」

「あ、いや、すみません。気になったもので」

自分を落ち着けるために親指と人差し指のつけ根のあいだを揉んだ。捜査中に冷静さを欠いたときは、こうして指の根元を揉むことにしている。ちなみに、スマホの使いすぎによる腱鞘炎《けんしょうえん》にも効果があるらしい。

「この地域には、昔から吸血鬼の噂《うわさ》があったんですか」

表情を和らげ、単純な好奇心といった口調で訊けば、オーガストは数回瞬《まばた》きしてから答える。

「いいや。特には。吸血鬼なんて、子供のころに流行した小説か、伝承程度の認識しかなかった」

「その小説は、街や村の庶民も読むような、手頃なものだったんですか」

「そうだと思うが」

どれだけ流行した小説か知らないが、いきなり吸血鬼なんて発想に至るものだろうか。遺体に残された吸血痕とされるものが酷似していたか、あるいは、遺体を見た者の幾人もがよほどその小説を愛読していたなら、あり得なくはないけれど、少々飛躍しすぎている感が拭《ぬぐ》えない。

考えを巡らせていると、オーガストがなぜかふっと笑った。

「君は面白い男だ。目の前にいるのが吸血鬼かもしれないのに、まったく恐れない」

「伯爵が、吸血鬼？」

「そう言って逃げていった者もいる」

確かにオーガストは容疑者ではあるが、わざわざ吸血鬼に見せかけて妻を殺す理由はないはずだ。

「そういえば、吸血鬼は揃って美形なんでしたっけ」

翳《かげ》がある美貌があらぬ憶測を加速させたか。フォローのつもりで頭にあった吸血鬼のイメージを口にすれば、オーガストは表情筋の動きが悪い顔を驚きに歪《ゆが》める。

「そんな記述があった覚えはないが」

おかしなことを、と言いたげなオーガストは、意外なほど自分の整った容姿に自覚がないようだ。間接的に褒められて照れたのか、眉を寄せて小さく咳払《せきばら》いをした。

「他の小説だったかな。なにせ吸血鬼の本は読んでないもので」

初めて会ったときから整った容姿だと思っていたせいで自然と言ってしまっただけなのに、照れられてしまって仁まで恥ずかしくなった。

「だが、確か小説の吸血鬼は貴族だった。あと、最初に殺していたのは女性だったはずだ」

気を取り直したオーガストが補足してくれるも、雇い主を吸血鬼呼ばわりするには少々足りない気がする。やはり、遺体の状態がよほど小説と似ていたか、あるいは――。

「伯爵が夫人を殺してもおかしくないと思えるくらい、夫婦仲に疑問を持たれてたってことですか」

考えていることが口から出てしまった。さすがのオーガストも呆気《あっけ》にとられた様子で小さく口を開いていた。

「すみません」

落ち着くためのツボ押しをしながら謝ると、なぜか吹っ切れたような溜め息が聞こえた。

「そのとおりかもしれない。彼女を恨んだことはないが、大切にしようと思ったこともなかった」

不仲を否定しなかった伯爵は、幾度か瞬きをして、目を伏せる。

「いや、ほんの少し、恨んでいたかもしれない」

紛れもない本音だった。その正直さに驚かされて、政略結婚の深い虚《むな》しさを思い知らされる心地だった。

「しかし、殺意を確信されたならさすがに心外と言わざるを得ないな。衝撃的なできごとだったから、あまり考えないようにしていたけれど、改めて状況を鑑《かんが》みると、自分に向けられた嫌疑はずいぶんなものだ」

自嘲《じちょう》するように片方の口角を力ませたオーガストは、ふうっと息を吐き出して、仁に向き直った。

「よほどのことでは驚かない人間で助かったよ、ジーン。人員不足のことは、しばらく解決できないだろう。君のようにこの屋敷のことをまったく知らない者が職を探しにこない限りは」

「わかりました」

と答えたものの、このままでは最終的にこの屋敷が内側から朽ちていきそうだと感じる。

オーガストが子育てをすればいいとか、家事を人任せにしないとか、そんなレベルの話ではない。伯爵邸には歴史的価値の高そうな美術品や、今後の人類史の研究に役立つだろう伝統、常時メンテナンスが必要な広大な屋敷そのものと敷地がある。どれもが、吸血鬼を恐れない数人だけで維持するのは不可能だ。この屋敷を、伯爵一家を守るには、真相を明らかにして、吸血鬼騒動を終わらせるしかない。転生直後、乗っていた馬車の御者が、この屋敷には近づきたくないと言っていた。ということは、最低でも周辺地域には吸血鬼伯爵の噂は蔓延《まんえん》している。

オーガスト本人ですら、吸血鬼の存在を否定しようとしないならば、ただの人間が起こした見立て殺人だと確信している仁が解明するしかない。

「近々、街に行く時間をもらえませんか。下着とか、手に入れたい物が色々あって」

下着の替えが欲しいのは事実だが、やりたいのは街での聞き込み捜査だ。一人で近場の街に行ければ、屋敷の元使用人を見つけて、伯爵と夫人の評判や、類似事件の有無、屋敷に出入りしていた怪しい人間の存在などから、全容解明へと近づける。

「ああ、そうだな。子供たちの気晴らしにもなるだろうから、明日にでも出かけよう。服もそろそろ新調すべき頃合いだ」

一人で出かけたかったのだが。馬の世話係も兼任している御者がいるけれど、一人しかいないので、出かけるなら一度にまとめてしまいたいのだろう。それに、仁を丸一日休ませる余裕はこの屋敷にない。

「そうですね」

「明日はジーンが一人で行動できる時間も作ろう」

「ありがとうございます」

こうして、仁にとって初の外出が決まった。


ウェルトンで一番大きな街は、屋敷の敷地を出てからそう遠くはなかった。門から数え始めて馬車で二十分ほど。緑を抜けると、そこには集合住宅から金持ちの屋敷まで存在する大きな街が広がっていた。活気があって、人口もなかなかのようだ。久しぶりの外出に、子供たちは朝から上機嫌で、馬車の中でもはしゃぎっぱなしだ。といっても、仁は馬車の後ろ側に従者として立ち乗りしていたから、ときどき車内を見てはオーガストに一生懸命話しかける子供たちに思わず笑っていただけだが。

今日はメイド服ではなく従者の恰好《かっこう》をしている。男性用の制服で、凝った刺繍《ししゅう》が施された薄茶色の上着に、ベージュのベスト、膝下丈のブリーチズのセットだ。新調してもらったわけではない。どこからともなくマイルズが見つけてきた。

初日に渡されたメイド服は唯一の余り物ではなかったのか。などという質問はしなかった。子供たちと早く馴染めるように、メイド服を渡されたことがわかっているからだ。使用人であろうと、成人男性は子供たちにとって気軽に話しかける対象ではない。それに、従者の仕着せはずいぶんと派手で落ち着かない。まさかロングスカートのほうが半ズボンより良いと感じる日がくるとは夢にも思わなかったが、慣れとはそういうものなのだろう。

ちなみに、この立派な従者の仕着せは、下働きから始めて出世した者か、容姿が整った使用人だけが着られるありがたいものだそうだ。一緒にベートーベンやモーツァルトの肖像画に見るようなかつらを被《かぶ》ると従者の正装になるらしい。下手をすると主より目立つその服装は、女性より男性の使用人のほうが給料と税金の相場がずいぶん高く、男性の使用人が多いほど裕福である証拠だから、派手な仕着せでその頭数を強調するという習慣の名残だと、マイルズが教えてくれた。

「さあ、新しい服を仕立てに行こうか」

馬車から降りて今日の目的を告げたオーガストに、双子はまったく違う方向を指差してみせる。

「僕はあのお菓子屋さんが見たいよ」

「私は新しいリボンも欲しいわ」

二人が目移りしてなかなかたどり着かなかったが、無事に仕立て店に着くとローズは目を輝かせた。

「きれいな生地がいっぱい」

花柄やストライプ、水玉模様など、壁にかかった生地を見て、ローズは踊り出しそうだ。アンドリューは、何種類の生地があるか指を使って数えている。

「いらっしゃいませ。あら、伯爵閣下、お子様方」

奥から五十代の女性が出てきて、深くかがんで頭を下げた。吸血鬼伯爵の噂を信じていないのか、それともプロとして本音をうまく隠しているのか、店主の女性は柔和な笑顔で伯爵家親子を迎えた。女性が着ている落ち着いた色合いのドレスは、サンプルでもあるのだろう、上質な生地に装飾がたくさんついている。

「すてきなドレス！」

「うふふ、ありがとうございます」

女性のドレスを羨《うらや》ましげに見上げるローズの後ろで、オーガストが表情を翳らせた。

本来なら、母親や乳母とオシャレについて話して成長していくはずなのに、それができないことを心苦しく感じているのだろう。それだけではなく、きれいな水色の瞳には、罪悪感の色も見え隠れしている。これが仁にとっての難問になっている。吸血鬼のせいにして妻を殺した罪悪感というほど深いものではないが、相当な負い目を感じているのはわかる。その原因が何なのか、訊けてもいないし、ろくな推理もできていない。吸血鬼くらい想像の斜め上をいく原因でなければ、警官として培った勘もその程度ということなのだろう。

（まあ、最後に所属していた強行犯係も、結局二年務めただけで終わったからな）

意識をローズに戻した。今までで一番上機嫌だ。しかし、この興奮を分かち合う人間は、屋敷にはいない。

双子の母親は戻ってこないけれど、せめてメイドやガバネス——日常の躾《しつけ》や作法を教える女性——がいれば、この状況は変えられるのに。

やはり、吸血鬼の不在の証明と、真犯人の捕獲が必要だ。吸血鬼の仕業に見せかけた殺人だったことを、この手で明らかにしたい。その思いは昨夜《ゆうべ》からどんどん膨らんでいる。

「好きなように仕立ててもらうといい」

「ほんと？」

父親とは娘に甘くなりがちな生き物というイメージがあったが、オーガストも例に漏れないようだ。彼の小さな姫に、特別な時間と衣装をプレゼントしようとしていた。

「ああ。ただし、自分の年齢に合った色柄と飾りにするんだよ」

「はい、お父様」

しっかり者のローズはこんな色合いや柄が好きだと店員の女性に伝えていた。その様子をしばらくみんなで眺めていたが、アンドリューがつまらなそうに店内をうろつき始めたので、マイルズがアンドリューを隣の紳士用店舗に連れていった。

子供たちの採寸や注文には一時間以上かかった。大人もだけれど、子供も根気を要する作業だ。アンドリューは特に疲れた顔で注文を終えて、店を出るなりさっき見かけた菓子店のほうへローズを引っ張っていこうとした。

「色んなお菓子があったよ。早く行こう」

仲良く菓子店に向かう双子は目立って見えた。上等な衣服を着た人々の往来がある大きな通りでも、可憐《かれん》な容姿と飛び抜けて上質な衣装は目を惹《ひ》く。それゆえ、すれ違う人々はすぐに伯爵家の双子と気づき、後ろを歩くオーガストに視線を向けては目を逸らしている。やはり吸血鬼の噂は蔓延しているようだ。さっきの仕立て屋は、プロの接客に徹していただけだった。

帽子を被り、杖《つえ》を持って歩くオーガストも、街の反応に気づいていた。しかし、高貴な血筋と確立された立場に裏づけされた、伯爵としての自信と矜持《きょうじ》を揺るがすには及ばないのだろう。表情を変えず、子供たちを見守っている。

「菓子店に入る前に約束をしよう」

格子窓のショーウインドウの向こうに、色とりどりの菓子が並んだ店に着いた。うずうずしている子供たちに、オーガストは静かに語りかける。

「好きな菓子を買うといい。じっくり選びなさい。売り物は見てもいいが触ってはならないよ。あと、多く買うなら日持ちがするものがいい」

「「はい」」

以前もこの菓子店に来たことがあるのだろう。良い返事をした二人のために、マイルズは箱を二つ用意していた。

「お一人ずつ、この箱に入るだけです」

そっと耳打ちして、マイルズは仁に箱を二つと巾着型の財布を渡してきた。双子が菓子店に入ると、オーガストとマイルズは別の場所に行ってしまった。

(なるほど、子供の買い物に父親は付き合わないのか)

衣装は値も張るから一緒にいたけれど、本来なら夫人の役割だったのかもしれない。そして用のない菓子店に一家の主は入らないのだ。

双子を追って店内に入ると、砂糖の匂いが鼻先をくすぐった。子供たちはオーガストが一緒でないことをまったく気にしておらず、大きな瓶に入ったキャンディーを楽しげに見比べている。

「この箱に入るだけだと言われたよ」

　木製の箱は蓋《ふた》があり、仕切りのないジュエリーボックスのようだ。菓子類を入れるには仰々しいと一瞬思ったが、包装紙や袋が存在しないのなら、こうした箱を何度も活用するのは必然だと、あとから理解が追いついた。

（持ち運びは大変だけど、エコでいいな）

　店内には中流家庭といった服装の親子がいた。ちょうど会計をしているところで、購入したキャンディーを持参した瓶に入れてもらっている。

「ありがとう、お母さん」

　小さな瓶を嬉しそうに抱えた子は、双子と同じくらいの年齢だ。アンドリューとローズが振り向いて目が合うと、子供にもわかる身なりの違いに戸惑ったような顔をしていた。

それよりも仁が気になったのは、母親のほうだ。従者を連れた男女の双子なんて伯爵家以外にはない。気味の悪そうな表情になるのを堪えて、いささか急ぎ足で子供の手を引いて店を出ていった。

「あの子が持ってたのはどのキャンディーだろう」

　アンドリューはお菓子のことしか頭になく、店に置いてあるものぜんぶが欲しいと言わんばかりだ。ローズもあの親子の態度は気にならなかったようで、すぐにキャンディーに視線を戻した。

その後ろで、仁は内心溜め息をついた。双子が傷つかずに済んだ安堵《あんど》と、伯爵家を敬遠する人々に。子供たちが異変に気づくのも時間の問題だ。

さっきの親子から受け取った代金を仕舞った店主が出てきて、二人を手伝い始めた。どの菓子をどれくらい欲しいか伝えれば、店のトレーに入れて最後にまとめて会計をしてくれるようだ。

「ジーンはどれが欲しい？」

ローズに訊かれ、仁は首を横に振る。

「俺はいいよ。二人の買い物だろう」

「ピクニックに持っていきたいの。ジーンのぶんもないと一緒に食べられないわ」

「これがおいしいよ。とっても甘いんだ」

箱の容量を自分のために譲ってくれようとする気持ちが嬉しかった。子供のキャンディーをもらうのは気が引けるが、一つか二つならいいだろう。

「二人のおすすめを一つずつわけてくれ」

「いいわ」

ローズは飴玉《あめだま》、アンドリューはキャラメルを仁のために追加して、二人の買い物は終わった。物価の相場も、チート能力のおかげか感覚的にわかる。菓子類は決して安いものではない。箱二つぶんの売り上げは吸血鬼の噂も忘れさせる威力があって、店主は大層喜んでいた。

菓子店を出ると、通りの先に人が集まっていた。大道芸人がいるようで、歓声が上がっている。

「見にいこう」

手を繋いだ二人は、まっすぐ人だかりのほうへ向かう。オーガストと合流できるか心配になり、通りの反対側を振り返ると、ちょうどオーガストとマイルズがこちらに歩いてくるところだった。

お互い位置ははっきりと認識しているから、このまま大道芸人を見にいっても問題ない。子供たちの背後を守る形で人だかりに近寄ると、双子は大人のあいだをすり抜けて前のほうへいってしまった。

「あっ、ちょっと」

「構わない。芸を観るだけだ」

追いついてきたオーガストは、嬉しそうな二人の小さな背中に、微笑《ほほえ》まずにはいられないようだった。

(子供たちのこと、本当に大切に思っているんだな)

世の大半の親は、どんな形であれ子供を愛しているのだろう。けれど仁は親の愛情を知らないで育ったから、無表情ぎみなオーガストが子供のために頬を緩ませるのを間近で見ると、胸が温かくなって、自分も双子を大切にしたいと、自然と感じる。

男性の大道芸人は、ジャグリングや皿回しで観客をわかせている。子供だけでなく大人も夢中だ。

一通り芸を披露し終えた芸人がお辞儀をすると、観客が一斉に拍手をした。双子もめいっぱい手を叩《たた》いている。芸人が籠《かご》を置くと、前のほうにいた大人が順に投げ銭を入れていく。

興奮した様子のアンドリューは、ローズとは反対側に立っていた、二、三歳ほど年上の子供に笑顔で話しかけた。

「すごかったね」

無邪気な笑顔に振り向いた子供は、それがアンドリューで隣にローズがいることに気づくと、顔を恐怖に歪めて人だかりの外へ駆け出した。一緒だった他の子供も、双子に気づくなり幽霊でも見たような顔で走り出す。

途端に、アンドリューの表情がショックに翳った。ローズも、異変に気づき顔色を暗くさせる。投げ銭を終えた大人の観客も、オーガストの存在に気づくなり気まずそうな顔をして去っていく。身なりの良い人たちは階級意識が強いのだろう、領主たる伯爵に頭を下げてから去っていくものの、挨拶《あいさつ》の言葉をかけることはなかった。

（これは、ひどいな。じき影響が出るとかいうレベルじゃない）

こころなしか観客が速足で散っていくなか、双子は戸惑いに瞳を揺らし、父親を見上げた。オーガストは二人のそばに寄って、優しい声で話しかける。

「大道芸が観られてよかった。楽しかったかい」

「「うん」」

大事なのは、芸を観て何を感じたか。まだ若い父親なのに、常に冷静でいるオーガストは、いい父親だと思う。双子も、笑顔でもう一度大道芸人のほうを見た。すると二人の後ろから、マイルズが投げ銭をする。

ずっしりとした音から、ポケットの小銭程度ではないチップだったことがわかった。芸も商売だ。芸人はコミカルにお辞儀をして、ローズの前に握った手を差し出した。その手を開くと、ぽんと花が出てくる。手品を初めて見たのか、ローズは跳び上がって拍手をして、芸人から花を受け取った。

「今のどうやったの？　すごい！」

大喜びのアンドリューにも、芸人はもう片方の手を握って、勢いよく開いてみせた。掌《てのひら》には木彫りのコインがあって、アンドリューはそれをもらうことができた。

「やったぁ」

さっきまでの不安げな表情はどこにもなく、双子は大盛り上がり。まだ残っていた子供数人が、羨ましそうに二人を見ていた。はっきり言ってしまえば、経済力のおかげで双子は特別な経験をできたわけだが、今回ばかりは芸人の商売気と機転に助けられた。

「良い芸を見せてもらった。気が向いたら屋敷にも披露しにきてくれ」

オーガストが声をかけると、明らかに身分の高い客を摑んだ芸人は、ことさら嬉しそうだった。しかし、オーガストの、気が向いたらという言葉は、商売気の強そうな芸人でも、屋敷の噂を知れば尻込みすると危惧している証拠でもあった。

大人の本音に気づくことなく、満足した様子の双子を連れて、待っていた馬車まで戻ると、仁は急いで私服に着替えた。

「どうして着替えたの？」

見慣れない私服に興味津々のアンドリューに、仁は着替えの理由を教える。

「用が残っているから、身動きしやすい恰好で街に戻るんだ」

「ふうん。そうなんだ」

自由時間は私物の補充を理由に与えてもらったが、トーマスに街のことを訊くと、手頃な酒場を教えてくれたので、オーガストも含め大人は買い物だけで終わらないことを想定しているのだろう。子供たちにそこまで教える必要はないので、ただ用があると言えば、いつものメイド服でも仕着せでもない仁の姿を不思議そうに眺めながら、双子はオーガストと一緒に屋敷へと帰っていった。

「さて、捜査開始といきますか」

隔週支払われる給料を、すでに二度受け取っている仁の懐は十分温かい。トーマスが教えてくれた、手頃な店が集う庶民の地域に行けば、必要な物も買ったうえに、酒場などで聞き込み捜査もできる。

教わったとおり、菓子店や大道芸人がいた高級店の並ぶ大通りから西に向かうと、十五分ほど歩いたところで雰囲気ががらりと変わった。さっきまで富裕層の屋敷が並んでいたのに、一本道が変わると途端に重層長屋が両脇《りょうわき》に続く細い道が現れた。

屋敷の元使用人がいるのは、この地域で間違いない。雑多な印象の通りには、自分やトーマスと似た服装の人々がたくさんいた。

まずは日用品を買いに、トーマスが薦めてくれた店に入った。下着などは本来、家の女性が縫うものだったそうだ。しかし、産業革命によって紡績業が活発化し、大量生産型の生地が流通するようになり、庶民も下着などのサイズが大まかでよいものは、店頭で手に入れるようになったのだとか。値段も確かに手頃で、買ったものを風呂敷と同じ要領で布に包んだ仁は、包みを肩にかけてまっすぐ酒場へ向かった。

人々の社交の場である酒場では、知らない人とも話す機会があるはず。昼日中に大勢の客はいないだろうが、今ごろから飲んでいる客は口が緩いタイプが多いと見当をつけている。求めている情報のいくらかはきっと手に入るだろう。

トーマスは二軒の酒場を教えてくれた。屋敷を辞めた元使用人に会うことが多いから、最近通っていないという酒場に入ると、土がむき出しの床に浸《し》みた古い酒のすえた匂いがほのかに漂い、円卓や椅子が乱雑に並んでいた。ちらほらいる客のあいだを通り、仁はカウンターの席に座る。

「いらっしゃい。見ない顔だね」

カウンターを挟んで声をかけてきた恰幅《かっぷく》の良い初老の男性は、店主のようだ。昼間は特に常連客ばかりのはずだから、新顔にすぐ気づいたらしい。

「つい最近この街に越してきたんだ。よろしく」

相手を話す気にさせるには、好青年を演じるのが一番だ。かといって堅苦しくはせず、年上には息子の友達のように、お年寄りには孫の一人にいそうな若者として見てもらえると、何気ない会話の広がりから、重要な話を拾える機会が増える。詐欺師の常套《じょうとう》手段だ。

「エールとソーセージアンドマッシュを」

まずは腹ごしらえから。わかりやすく金を落とすことで、客として信用を得られる。飲み食いのあいだは世間話もしやすい。すぐに出てきたエールを、さぞ楽しみにしていたかのように一口飲んだ。冷蔵庫のない時代のビールはやっぱりぬるくて、冷えたジョッキに注《つ》がれた、日本の喉《のど》ごし重視のビールに慣れている口にはかなりのインパクトだったが、笑顔を崩さず店主に視線を向ける。

「それにしても大きな街だな。羽振りの良さそうなのが大通りにたくさん歩いてた」

「羽振りが良いのはせいぜい五本先の通りまでだな。このあたりはうちのエールが贅沢《ぜいたく》だってやつもごろごろいるさ」

貧富の差が激しいのは想像がついていた。仁がすべきことは、この店にふさわしい同胞意識を抱かせること。

「どうりで居心地が良いわけだ」

自分も似たような境遇だと冗談を交えれば、店主はハッと笑った。

「はい、ソーセージマッシュ」

奥から年配の女将《おかみ》が出てきて、マッシュポテトの上にソーセージ二本がのった皿を仁の前に置いた。ソーセージの塩気とポテトの素朴な匂いが鼻先をくすぐる。

「うまそうだ。いただきます」

熱々のソーセージは、肉以外にも色々と入っているようで、想像とは違った食感だった。食べるほど日本式のパリっとした皮のソーセージが恋しくなったが、もとから食にこだわりはないので、おいしそうに食べ進める。

「うまいよ。毎日食べたいくらいだ」

あまり馴染みがなかったけれど、マッシュポテトは好みの料理だ。バターの味が好きなのだと思う。

「越してきたからには仕事を探さないといけない。ああ、今日の飲み代はちゃんと持ってるから、心配しないでくれ」

にこやかにソーセージを頬張りながら、仁は真実かのごとく話し出した。店主や女将に嘘《うそ》をつくのは申し訳ないが、必要な虚言だ。

「このあたりにずいぶん金持ちの伯爵がいるって聞いた。そこで雇ってもらえないか、なんて考えていたんだが」

「悪いことは言わないから、やめておきな」

間髪入れずに答えた女将に、店主も頷いていた。

「金払いが悪い金持ちか？」

「そうじゃないけど、命が惜しけりゃ近寄らないことだよ」

そう言うと、女将はこれ以上伯爵家の話はしたくないと言わんばかりに奥へと戻ってしまった。

「いわくつきなのか」

声を落として訊《たず》ねれば、店主は静かに頷く。

「ああ、そうだ」

言いにくそうな表情を作りながらも、店主はどこか話したそうだ。街に蔓延している噂を新鮮そうに聞く人間が現れて、やましい面白みを感じずにはいられないのだろう。

「伯爵一家は呪《のろ》われてるんだ。せっかくの跡継ぎも双子で気味悪がっていたところに――」

「双子がどうして気味が悪いんだよ」

思わず店主を遮ってしまった。アンドリューとローズは、気味が悪いどころか天使のように可愛くて、容姿だけでなく中身も、素直でまっすぐな子たちだ。

店主は一瞬目を見開いたが、より距離を詰めて仁に言う。

「普通は一人しか生まれないだろう」

「まぁ……、そうだが」

なんとも雑な理屈だと思ったものの、異端と見なされれば怪奇現象扱いになるのがこの時代に生きる者の宿命なのだと痛感させられた。黙って続きを促すと、双子よりもっと深刻なことがあると、店主は大きく息を吐いた。

「二か月くらい前に伯爵夫人が亡くなったんだけどよ、ありゃ吸血鬼の仕業だったんだ」

「吸血鬼？　そんな言葉は久しぶりに聞いたぞ。そりゃぁ、突飛すぎやしないか」

「それがそうでもないんだよ。くっきり歯形が残って、全身の血が抜き取られていたって。それまでにも屋敷の家畜が血を抜き取られて死んでいたってよ。どう考えても吸血鬼だ。呪われてるんだよ、あの伯爵家は」

不気味がる店主をよそに、仁は心の中で期待を膨らませていた。夫人以前に、家畜も吸血鬼の仕業に見せかけて殺されていた。こういう新しい情報が欲しかったのだ。噂にくっついた尾ひれの可能性も低くはないが、実際に家畜が殺されていたとしたら、犯人による完全な計画といえる。

「なるほどねぇ。吸血鬼に呪われるってことは、よほどの業がある家系なのかね」

「どこをとっても貴族様だよ。この街は代々伯爵家に仕えてるようなものだ。良いも悪いもなかったんだが」

「死んだ人を悪く言いたくはないけどね、夫人は呪われていても納得しちまう人だったね」

「おいおい」

戻ってきた女将は、亡くなった夫人が相当気に食わなかったらしい。

「あたしの娘が夫人の女中をしていたんだけど、あんな高慢ちきを伯爵が娶《めと》ったのが信じられないって、話すたびに愚痴をこぼしてたよ」

「高慢ちき。伯爵は違うのか？」

「伯爵は高貴な生まれでもあたしらを粗末に扱うことはなかった。でも夫人はあたしら庶民を人とも思ってないような鼻持ちならない悪女だったね。伯爵が音を上げるまで強引に屋敷に通い詰めて結婚した下級貴族の娘が、夫人になった途端あたしや街の娘を家畜扱いさ」

「ずいぶんな夫人だな」

面識のない女性、しかも亡くなっている人についての愚痴にのっかるのは気が引けるけれど、情報を引き出す役に立つのだから仕方がない。

「そもそも未婚の小娘が独身の伯爵の屋敷に勝手に通っていたってのが、節操なしの下品な所業さ」

店主は妻の愚痴が止まらなくなって、天井を仰いだ。

「夫人はよっぽど伯爵が気に入っていたんだな」

「伯爵からしたら迷惑な話だったはずだよ」

「そんなに不釣り合いな結婚だったのか？」

「貴族といっても金で買った一代目の貴族で、由緒正しい伯爵家の隣に並ぶのも遠慮するはずのちっぽけな成金だよ」

「詳しいんだな」

「この街には上流家系がけっこういて、あたしらのまわりにはそういう家で召し使いをしてる人間も多いから、筒抜けなんだよ」

女将の話を鵜呑《うの》みにするとしたら、オーガストには夫人を排除する動機があったと考えられる。同時に、そもそもなぜ結婚したのかがより大きな謎《なぞ》として浮かんできた。

「夫人はよっぽどの美人だったのか？」

もし夫人が絶世の美女だったなら、家柄の差を飛び越えた結婚も考えられなくはない。双子の可憐な容姿も、オーガストのＤＮＡだけで成り立つものではないはずなので訊くと、女将はふんっと鼻を鳴らした。

「並の女さ。本人は美女気取りだったけど」

夫人は本当に嫌われる性格だったようだ。しかしその嫌悪感が反映されても並の外見ということは、そこそこの美人ではあったのだろう。

しかし、どれだけ話を聞いても、ちぐはぐな結婚という印象は拭えなかった。オーガストにとって、利益になる条件が見つからないからだ。一代貴族の財産を必要としていたようにも思えないし、亡くなった夫人が妻として魅力的な女性だったようにも、残念ながら受け取れない。

この違和感の原因を突き止められれば、吸血鬼騒動の根底に近づけるだろうか。

「それで、妻を呪った伯爵が吸血鬼を呼び寄せたと？」

「伯爵を吸血鬼だって言う連中もいるが、さすがにそれはないと俺は思ってる」

「伯爵が吸血鬼じゃないにしても、呼び寄せるだけの何かがあった屋敷なんだろ。そこで働いている人たちは平気なのか？」

結末は知っているがもちろん知らないふりだ。徹底した演技に店主も女将もすっかり騙《だま》されている。

「ほとんどが辞めちまったよ。吸血鬼だぞ？　誰だって逃げるだろう」

「金で命は買えないもんな。その辞めた人たちはどうしてるんだ。この街には働き口がごろごろ転がっているのか」

「伯爵邸の給金と比べれば、ろくな働き口なんてそう見つからないよ。ただ、ペイジ男爵家が伯爵家にいた使用人を何人も雇って、評判を上げていたね」

「その男爵家は伯爵家に次ぐ金持ちなのか？」

あくまで職探し中を装えば、女将は顔の前で手を大きく振って否定する。

「この街に住んでる貴族は伯爵家と男爵家だけ。男爵家も金で爵位を買った成金の一代目男爵さ。伯爵家と張り合おうとしてるみたいだけど、そもそもの格が違うのに見栄を張ってね。伯爵家の吸血鬼のことがあった途端に、まるで街の領主気取り。爵位を金で買うような成金にはろくなのがいないのさ」

「でも、路頭に迷いかけた伯爵家の元使用人を雇って、評判を上げてたんだろ？」

「一時のことだ」

仁の背後からそうしわがれた声で言ったのは、清潔感に欠ける中年の男だった。男は仁の隣に座ると、すわった目で仁をじっと見た。

「俺ぁ、伯爵家で働いていて男爵家に移ったが、ペイジ男爵はそりゃあいけすかない男だった。こっちの足元を見やがって、約束した給料は払わねえ、まかないは豚の餌《えさ》みたいに貧相。おかしいと思ったら、もとから俺たちにろくな給料を払う気がなかったと、執事が白状しやがった。雇ってやるだけ感謝しろってな。俺らは善人ぶって見栄を張るために利用されたんだよ、胸糞悪ぃ。だから辞めてやったさ。人を馬鹿にしやがって」

腹を立てる理由は明確で、昼日中から酔っているこの男に同情したくなった。飲み代がどこからきているのか少々怪しいけれど。

「恰好をつけるにしても、すぐにばれる虚勢を張って何になるっていうんだ？」

「そこが男爵の狭量だ。俺たち下々の人間はそんなこともわからない馬鹿だと思ってるんだよ。ったく、爵位を買うだけの金を持ってたのが信じられねぇ」

「あれは先代までが聡明《そうめい》な商売人だっただけだろう」

酔っ払い男に店主が補足した。ペイジ男爵もよほどの嫌われ者らしい。

「一番気に食わねぇのは、伯爵邸で調理人だった野郎が一人だけまともな給料を受け取っていたことだ。伯爵邸では新米で、愛想も悪けりゃ腕も大したことなかったのに、当然のように男爵邸に入りやがって」

「調理人だけは本当に必要だったんじゃないか？」

「それがそうでもねぇんだ。そいつは頻繁にさぼるし、元からいた使用人にも嫌われていた。よくよく聞いたらそいつは伯爵邸に入るまで男爵邸にいて、まさか出戻るなんて誰も思わなかったとよ」

新たな人物の登場に、仁の頭の中に信号が走った。役立たずのくせに職にあぶれない男。

しかも貴族家を行ったりきたりしていたとは興味深いではないか。

「ああ、あいつだ。またさぼってやがる」

シャッターが全開になっている硝子《ガラス》のない窓の外、見えたのは調理人としての清潔感がまったくない、無精ひげの痩《や》せた男だった。姿勢悪くタバコをふかし、不機嫌そうに歩く姿は、先入観がなかったとしても脳内の注意人物リストに入れただろう風体だった。

「名前を当ててみよう。あの顔は、マークだ」

氏名を知っておきたいところだ。名前当てゲームのように冗談めかして言えば、酔っ払いがへっと吐き捨てた。

「やめろよ。そりゃ俺の名だ。あいつはコリン、いや、クリフだったか」

まさか酔っ払いの名前を言い当ててしまうとは。しかし、さすが酔っ払い、情報があやふやであてにならない。

「クリフだ。こないだうちの代金をツケにしようとしやがって、金が欲しけりゃ男爵邸まで取りにこいとよ」

「ずいぶん偉そうなやつだな。そんなツケがまかり通るもんなのか?」

「通るわけないだろ。その場にいた常連客が俺の味方になって、あのクリフの野郎を威圧してやったら、小便を漏らしそうな顔しながら悪態ついて金を払って帰りやがった」

「話題に事欠かない街だな、ここは」

「伯爵が結婚するころまでは、穏やかだったんだけどね」

女将が言ったのに、店主は首を傾《かし》げる。

「叙爵されたころから男爵家がやかましくなってただろう」

「ああ、そうだった、そうだった。小者が伯爵に張り合おうなんて、馬鹿も休み休みにしてほしいよ」

「本物の小者は俺たちだけどな」

がははっと自虐を笑い飛ばした店主たちと一緒に笑い声を上げた仁は、皿を空にして店を出た。

店主たちのおかげで、ずいぶん情報が集まった。裏を取りたいところだが、今日は時間切れだ。スパイスなどの調達に荷馬車で街に来ているトーマスと合流して、屋敷に戻る約束をしている。

伯爵家で働いていることを誰にも知られないよう、物陰に隠れてトーマスと落ち合った仁は、馬車の荷台に乗ると頭から布を被った。

「どうした。そんな布なんて被って」

怪訝《けげん》そうなトーマスに、仁はもっともらしいことを言う。

「さっきまでいた店が肌寒くてな」

屋敷で働いていることを隠すのは、今後も情報を集めたいからだ。捜査権限もなく、探偵業を依頼されているわけでもない、仁にできることは、今日のように何も知らない新参者を装って、親切な街の人々から情報を引き出すことだけ。

街から離れたタイミングで顔から布を外した仁は、順調に馬を走らせるトーマスに声をかけた。

「答えたくなければ無視してくれていいんだけどさ。亡くなった伯爵夫人って、なんていうか、棘《とげ》のある人だったのか？」

噂や陰口に興味がなさそうなトーマスから夫人の人物像を引き出すには、すでに酒場である程度噂を聞いたことを暗に知らせるほうが早いと踏んだ。予想どおり、トーマスは仕方なさそうに話し出す。

「俺は屋敷の中にほとんどいないから、人柄は女中の愚痴からしか知らないが、結婚までは異様なくらい屋敷に姿を見せていたな。普通は招待されなきゃ、よほどの用がない限り人の屋敷になんて訪ねないのに。厚顔無恥だとあのマイルズさんが珍しくこぼしていたのを覚えてる」

「マイルズさんが……。それは重症だな」

一家のイメージや貞操観念の重要性は、仁が考えているよりはるかに大きいはずで、あの必要なこと以外話さないマイルズが亡き夫人のことを厚顔無恥だと言っていたなら、よほど腹に据えかねていたということ。

まさか、厳格な忠誠心によって執事が夫人を排除しようと試みたか。しかし吸血鬼騒動など起こせばどうなるか、想像できないわけもない。どうしても夫人を排除したかったなら、それこそ毒殺や転落死を装うのが合理的だ。マイルズを疑うのは現時点では難しい。

「人使いも荒かったって？」

「女中の愚痴は毎日だったな。屋敷の中のことはよく知らない俺でも、なんであんな夫人を選んだんだって不思議だったね」

抑揚のない話し方をするトーマスの声音にさえ嫌悪感が漂っている。初めて入った街の酒場でいきなり悪い噂を聞いたのは、店主たちの悪意でもなんでもなく、悪評が知れ渡っていたからだ。言い訳のしようもないほどの人物だったということか。

「酒場に声の大きいやつがいてな、ペイジ男爵ってのをこき下ろしてたんだが、何者なんだ？」

ついでにもう一人のいけすかない人物について訊くと、トーマスは首を傾げる。

「さあ。どんな貴族かは知らないが、伯爵邸にいた元使用人が何人も男爵のところに流れていったのは知ってる」

「その中に、もとは男爵邸にいて、一時期だけ伯爵邸で働いていた料理人がいたのを知ってるか？」

今までになく詳細な問いに、トーマスは一瞬面食らっていたが、陽が落ちかけている空を見上げてから答えた。

「ああ、夫人が亡くなる二か月くらい前に新しく入った調理人がいたな。男爵邸で働いていたのは知らなかったが」

「そいつもまたいけ好かないやつだったって、その声が大きいやつが言ってた」

「確かに、感じが良かったとは嘘でも言えないやつだった。仕事が雑だって、サイモンが叱ってたところを何度も見たよ。ただ真剣に聞いている様子もなくてな。サイモンはそいつが辞めてせいせいしたと思うぞ」

辞めてほしい人間以外も大量離職したけれど。トーマスが溜め息をついた。詮索はそろそろ終えたほうがいいようだ。

「それにしても、嫌な噂ばかり聞いてきたな」

せっかくの自由時間だったのにと、哀れんで苦笑したトーマスに、仁は笑って返す。

「噂なんて大概は悪口だろ」

噂どころか、自分から話を引き出したから、文句なんてない。からりと笑う仁に、トーマスも微笑んだ。

「違いない」

ほどなくして屋敷の階下に着いた。急いでメイド服に着替え、晩餐用のフォークやナイフを盆にのせて上階に上がると、階段のところにオーガストが待ち構えていた。

「必要な物は揃ったか」

相変わらずの無表情が、何かを疑われているような気分にさせる。しかし、やましいことをしたとは思っていないので、素直に答える。

「はい」

物だけでなく情報も。初めて訪れた街で、限られた時間の中ではよくやったほうだと自画自賛したいくらいだ。

「そうか」

理知的な目元からは、買い物の成果に興味がないことが見て取れる。初めて会った日と同じ、人間性を探るような視線で仁の瞳を見つめてから、オーガストは廊下の先へと消えていった。

余計な情報を獲得して帰ってきたか、気にしていたのだろうか。瞳の奥を観察するように、じいっと見据えてきたオーガストの真意がわからない。

自分から吸血鬼のことを話したのだから、仁が街である程度の噂を仕入れてくることは予想がついただろうに。仁が逃げてしまわないか心配だったとしたら、こうしてメイド服に着替えて晩餐の支度に上がってきたところを遠目に確認するだけで十分のはず。言いたいことがあったなら、その場でさっさと言ってもらわないと困る。オーガストには執事のマイルズ、仁は子供たちと家事と、担当業務がはっきり分かれているから、仁がオーガストと話す機会はほとんどない。会話らしい会話をしたのも昨夜が初めてだった。

ともかく、食事の用意だ。晩餐に使われる部屋に入ると、マイルズがワインの用意をしていた。

「マイルズさん。俺も貴族邸のしきたりとかを少し知っておきたいんすけど。こんなふうに親子が一つの食卓を囲むのは良くないことなんですか？」

マイルズは、仁が貴族家の慣習に興味を見せたことに感心した様子で片眉を上げた。

「お食事だけではありません。お子様は家庭教師やガバネスから行儀作法や勉学を教わって毎日過ごされるべきです。お食事についても、将来のご身分にかかわらず市井の様子を知っていただくために、家庭教師などと質素なものを召し上がります。社交界にお出ましになるころには、ご当主や、ご健在であればご夫人と同じ席に着かれるようになります」

「厳格なんですね。まさか裕福な屋敷の子供が質素な食事をしているなんて、庶民は夢にも思わないんじゃないですか」

「そうかもしれません。しかし、伯爵のように高貴な方ほど、その特権を正しく理解しているものです。そして、市井のことも気にかけておられるのです」

　マイルズからすれば、当然のことを仁に教えているだけなのだろうけれど、夫人やペイジ男爵の成金ぶりを聞いた仁の耳には、優雅な嫌味に聞こえてしまった。

「爵位って、買えるものなんですか？　そういう貴族もいるって今日たまたま耳にして、驚きましたよ。街にいるなんとか男爵とか夫人の家系も、金で貴族になったって」

　貴族のなり方なんて本当に知らないから、無知な庶民らしく、ただの好奇心といった口調で訊ねた。

「陛下や王政に寄与した優れた方が叙爵を受けると私は理解しています。この数十年は、国庫への寄与が重宝されたという者も多いでしょうが、私のような者には推測するのもおこがましいことです」

　要はマイルズも、夫人の家系とペイジ男爵は金で爵位を買ったと思っているのだ。しかし、できる執事とは婉曲《えんきょく》な表現をするのが上手い。

「成り上がりの金持ちが貴族になったとして、その家の人たちは質素な生活とか市井のことか、学ぶんですかね」

何気ない会話というトーンを崩さず訊けば、グラスをぴかぴかに拭《ふ》き終えたマイルズが、静かに答える。

「伝統は買えるものではありませんからね」

夫人は成金癖がひどかったのだろう。仁が並べた食器を確認する横顔は、せいせいしているように見えた。

さて、ここからが問題だ。夫人を殺害した犯人を特定するのは難しい。仁が会ったことのない人物の可能性だって大いにある。集められた情報なんて序の口にすぎないのだから。

ただ、役者は揃いつつあると感じている。一番怪しいのは、街で見かけたクリフという男だ。クリフと夫人の接点が摑めれば、有力な容疑者になるかもしれない。

オーガストと子供たちを呼びにいったマイルズとは反対に、料理を受け取りに階下に下りた仁は、一番大きな盆いっぱいに並んだ料理を上階に運び、晩餐の部屋に戻って料理を配膳《はいぜん》台に並べた。ちょうど子供たちとオーガストが部屋に入ってきて、仁を見つけたアンドリューが駆け寄ってくる。

「ジーン、おかえり」

スカート姿に安心したのか、アンドリューがエプロンの上から抱きついてきた。あんまりにも嬉しそうにしてくれるものだから、思わず小さな背を抱き返した。

「待っていてくれたのか。ありがとうアンドリュー」

それを見てローズは羨ましそうにしつつも数拍躊躇《ためら》ってから仁に抱きついた。

「衣装が届くのが待ち遠しいな」

「うん」

ご機嫌なローズとアンドリューの背中をたくさん撫でて、席に着くよう促した。

俗にいう誕生日席にオーガストが座り、長テーブルの中ほどに双子が向かい合う。晩餐はコース料理で、オーガストだけ品数が多くなってはいるが、言われてみると確かに貴族の食卓と呼ぶには華やかさに欠けている。他の屋敷を知らなくても、サイモンが本領を発揮できずに不満がっている理由が感覚的にわかる。しかし双子は、父親と過ごせる数少ない機会を楽しんでいるようだ。

給仕はマイルズの仕事なので、仁は階下で夕食を摂《と》った。夕食時はサイモンと二人きり。情報を集めるなら今だ。

「今日、酒場に行ってきたんだけど、そこでたまたま、この屋敷で調理人をやってた男を見かけたんだ。クリフって名前のはずだけど、覚えてるか？」

鶏肉のグリルと添えの野菜に舌鼓を打ちつつ訊けば、サイモンは顔をしかめた。

「あいつはひどかった。不真面目な使用人は今までに何人もいたが、調理人のくせにまかないもろくに任せられなかったのはあいつが初めてだった」

「修業中というには歳をとりすぎていたようだったがな」

「鶏の羽むしりすらろくでもない出来だった。雑なんてものじゃない。やる気がなかったんだ最初から」

「どうしてそんなやつを雇ったんだ」

「仕事を探しにきたときは、殊勝なふりして猫被ってやがったんだ。前にいた屋敷じゃ厨《ちゅう》房《ぼう》の床に寝るしかなかっただの給料が払われなかっただの、同情させることを並べてな。そのときは家政婦が雇うって決めちまってよ。人手が増えて迷惑だと思ったのは後にも先にもあれきりだ」

「クリフは、他の使用人とは懇意にしていなかったのか？」

「誰とも話さねぇでさぼることばっかり考えていやがった。おまけに葉巻の吸い殻を集めて巻き直したようなタバコをふかしやがって、臭いから朝でも夜でも外に追い出してやったよ」

「下品な野郎だな」

「あいつだけは辞めてせいせいした」

「その使用人が一斉に辞めた件なんだけど」

サイモンは唇をへの字に力ませた。大量離職の原因を訊かれると思ったのだろう。

「伯爵からもう聞いてるよ。逃げる気もない。その代わりちょっとだけ教えてくれよ」

まっとうな情報の出所に安心したのか、サイモンは肩の力を抜いた。

「夫人が亡くなる以前にも、家畜が吸血鬼に襲われていたってのは本当か？」

「ああ、屋敷の裏で家畜が死んでいたことが何度かあった。野犬か何かの仕業だろうと俺は思っていたが、夫人のことがあって、あれは飢えた吸血鬼の仕業だったって噂になったな」

「家畜には吸血痕があったのか？」

「首のあたりから血を流してはいたが、獣に襲われても同じような急所を狙《ねら》われるはずだからな。ただ、家畜は夜になると小屋に入れられるから、一匹だけ外に出すのは獣には難しいだろうとは思っていた」

サイモンは吸血鬼騒動に対し懐疑的のようだ。たて続けに質問した仁に、苦笑を向けた。

「不気味なのはわかるが、気にしても仕方ない」

「突拍子もないことだから、考えずにはいられなくてな」

情報を入手するために、方々に嘘をついた。しかし、突拍子がないと言ったのは本心だ。

サイモンは当然のことだと頷いていた。仁は空にした皿を下げて、上階の晩餐の片づけに向かおうとして立ち止まる。

「その家畜が何匹も死んだのは、いつごろだったんだ？」

家畜が襲われたのが計画的な吸血鬼騒動の序章だったとして、クリフと関係があるのかは、家畜の件の時期によって推測が立つ。振り返れば、サイモンは腰に手を当てて数拍考えてから答えた。

「確か、最初のは二か月と少し前だったか」

クリフがこの屋敷で働いていた期間と重なる。酒場で見かけたときに走った信号は、クリフと吸血鬼騒動の関連性を知らせていたのだ。

上階に戻った仁は、子供たちの入浴の準備をしながら、オーガストに捜査の許可を仰ぐ決心をした。最終目標は吸血鬼の不在を証明すること。そして、真犯人を捕まえること。刑法や治安組織の仕組みすら馴染みがない状態で、何気ない会話を装って情報を集め続けるには限界がある。それなら、この地方の統治者であるオーガスト本人から許可を得られれば、夫人の遺体の状況など、より多くの証言を堂々と集められると考えた。

なにより、これはオーガストの問題だ。仁はたまたま違和感に気づき、毎日世話をしている子供たちのためにも、惨状を変えたいと願っているだけ。オーガストがもし、この問題を掘り返したくないと思っているなら、仁はこれ以上関わるべきではない。

入浴後、久しぶりの外出に上機嫌だった双子をベッドに寝かせた仁は、二人のベッドサイドに短い蠟燭を灯《とも》し、オーガストの部屋が集まっている一角に急いだ。できる限り早急に許可を得たい。日中は落ち着いて話す時間がないから、オーガストが寝室に入ってしまう前に捕まえなければ。

晩酌をしていることを祈り、廊下をまっすぐ、主人の居間へと向かう。主人の部屋は寝室、書斎の他に専用の居間やビリヤード室があって、オーガストは寝室でなく居間で晩酌をしていることが多い。なぜ知っているかというと、晩酌の準備をするのはマイルズだけれど、翌朝に片づけるのは仁だからだ。

居間の扉の隙間から、ほんのり光が漏れている。オイルランプの光だ。屋敷の光源はほとんど蠟燭だが、オーガストはオイルランプを愛用していて、蠟燭のように光が揺れないから遠くからでも違いがわかる。

「失礼します」

絶対に話がしたいので、入室許可を待たずに部屋に入った。オイルランプは部屋の扉に近いところにある円卓に置かれていて、オーガストは窓辺の椅子に座って外を眺めていた。

「相談したいことがあるんですが、よろしいですか」

仁に視線を向けたオーガストは、真意を測りかねているのか、まったく表情を変えなかった。

「サイモンのまかないはうまいし、給料も必要なので仕事は辞めません。相談はそれ以外のことです」

オーガストの一番の懸念は、双子の世話をする人間がいなくなることだ。先にその懸念を否定しておけば、より聞く耳を持ってもらえると思った。やはりオーガストは、肩を仁のほうに向ける。

「聞こう」

双子のことしか頭にないのではないか。そう思うくらい、オーガストは双子のことになると様式美も伝統もそっちのけだ。この相談のしかた自体が無礼のはずなのに、双子の世話をしている仁だから追い返さなかった。

そんなオーガストの苦悩を終わらせるためにも、仁は躊躇うことなく言った。

「俺は、吸血鬼の存在を信じてません。夫人の死は、吸血鬼でもなんでもない、人間による見立て殺人です。真犯人を見つけ、伯爵家に呪いの汚名を着せた罪を世間に知らせるべきです」

この世に吸血鬼は存在しない。あるのは人間の悪意だ。水色の瞳をまっすぐ見て言いきれば、オーガストは目を見開いた。

「このまま世間に恐れられて、使用人を揃えられないままでは、子供たちの生活はおろか屋敷全体が荒れていくのは、伯爵だってわかってるはずです。子供たちのことだけでも、今日みたいな日が続けば、二人はいつか世間に避けられていることに気づいて、何度も繰り返し悲しい思いをする。貴族の子供がどんな生活をしていくのか知らないですけど、いつか学校に通うなら、そのときにもきっと、吸血鬼の噂は影響します」

オーガストが最も危惧しているのは子供たちのこと。この問題を放置し続けるわけにはいかないことを一番理解しているのもオーガストだ。本当は吸血鬼騒動が起こった時点から、疑いを晴らしたかっただろう。冷静を保ちながらも唇を噛むオーガストに、仁は一歩踏み寄る。

「俺に、この事件を捜査させてください」

全容解明まで諦《あきら》めない覚悟を胸に見つめる仁を、オーガストは驚きとともに見つめ返した。

「どのようにして吸血鬼の不在を証明するつもりだ」

「夫人殺害の動機解明と、当時の状況、関連の認められる人間のアリバイを精査します。そのためには、伯爵にも遺体の状態とか、思い出したくないかもしれない情報を訊くことになります」

神も仏も特に信じていなければ、妖怪も魔術も信じない仁とは違い、オーガストにとって不吉だったり罰当たりであったりする事柄は多いはず。無理に進めて精神的な二次被害に遭わせるわけにはいかないから、必ずオーガストの許可と合意がいる。

真剣な眼差しで仁を見つめ返したオーガストはしかし、小さく首を傾げた。

「解明への自信はどこからくるのだ」

当然の問いだが、最も答えにくいものでもある。

「俺は、以前住んでいた街で探偵業みたいなことをやっていたんです」

「探偵業？」

どんな職業か見当がつかないといった顔をされてしまい、シャーロック・ホームズを思い出した。彼が活躍したとされるのは十九世紀後半で、出版自体は十九世紀も末のことだった。探偵という職業自体はホームズというフィクションから広まったと、交番時代、頻繁に同時間帯に勤務していたホームズ好きの先輩が、訊いてもないのに教えてくれた。つまり、オーガストはホームズを読んだことがないし、探偵という確立された職がそもそも存在しないのだ。まさか未来から転生したなんて吸血鬼以上に突飛なことを言うわけにもいかず、慌ててもっともらしいことを言ってみる。

「泥棒の見張りとか、尋ね人探しとか。不審死の調査とかも。誰もやりたがらないでしょ、そういうの。だから一回請け負うと何かあれば俺に声がかかるようになって」

あれは困った、と、精一杯演技をすると、オーガストは彼の顎に手を添え、人差し指で唇をなぞった。

「不審死の調査……」

吸血鬼犯人説は、夫人の死後間もなく決定づけられたようだ。不審死という視点を持つ隙も余裕もなかったのだろう。オーガストはそう呟《つぶや》いたきりしばらく黙って、人間の仕業であった可能性を考慮していた。そして彼の中で合点がいったとき、唇から指を離し、立ち上がった。

「ジーン、君の判断に委《ゆだ》ねよう。吸血鬼の不在を確信し、証明しようなどという勇気ある者はきっと君だけだ」

胸をまっすぐ仁に向け、微笑んだオーガストに迷いはなかった。

「伯爵が訊かれたくないことも訊くと思いますよ」

「構わない。すでに妻を手にかけるほどの仲だったかの問答をしている。それ以上に答え難いこともないだろう」

やはり、無礼だと思われていて、忘れてはくれなかったようだ。が、オーガストはふっと口角を上げ、おもむろにサイドテーブルに置いてあったブランデーを手に取り、二つのグラスに注いだ。

「ジーンも一杯どうだ。メイド服を着せてしまったが、君が男なのは変わらない。酒を勧めてもいいだろう」

毎日スカートを穿いて子供の世話をして、この時代の男性からすれば、仁の毎日はほぼ女性のそれだ。だからといって仁の性別を忘れていないとあえて言ったのは、男性用の着替えがないという嘘はオーガストの考えたものだったという懺悔《ざんげ》だと気づいた。

「マイルズさんの仕掛けたメイド服じゃなかったんですね」

ふっと笑ったオーガストが差し出したブランデーは、仁の失礼な質問と、着替えの嘘で手打ちにしようという提案だった。

グラスを受け取ると、オーガストは彼のグラスを小さく掲げ、べっこう色の酒を口にする。

仁もグラスを唇にあてがうと、良い香りがして驚いた。ぶどうだろうか、果実の甘く爽《さわ》やかな香りは、まさに高貴な飲み物だった。残念なのは、その香りを美しく表現する語彙《ごい》を持ち合わせていないこと。初めての高級酒を一口、口内に流し入れると、香りから想像したほどおいしくなくてまた驚いた。

しかし、良い匂いだ。この酒を頻繁に晩酌の供にしているオーガストはさぞ良い匂いがすることだろう。

自分が知っているハイボールに使うようなウイスキーとの違いが激しすぎて、おかしなことを考えてしまった。内心恥じていると、まさか仁の思考がそんなところに跳んだとは知る由もないオーガストに、座るよう勧められた。

「さっそくだが、訊きたいことはないか。それとも、酒が入っている状態では証言の信ぴょう性がないかな」

もう一杯飲んでしまっているオーガストだけれど、酔っている様子はない。意識がはっきりしている自覚があるのも、話していればわかる。

「素面《しらふ》の証言が最良なのはそのとおりですけど、少し酒が入ることで話しやすくなることもある。でも今夜はやめときます。質問の代わりに頼みがあるんですけどいいですか」

質問をしたいのは山々だが、その前に必要なものがあるのだ。

「書くものが欲しいんです。記録帳と鉛筆と。頭で覚えておくのは限界があるから」

「私の持っているものでよければ明日渡そう」

「あと、街に行く必要があります。元使用人を探して証言を集めないと」

「わかった。できる限り時間を作ろう。街には客人に貸すためのタウンハウスがあるから、必要ならそこも自由に使うといい。あとは、治安巡査の協力も必要かな」

「治安巡査って？」

「その名のとおり、治安を守るために街を警邏《けいら》したり、物盗りなどを捕まえたりする者たちだ。本来は地域の住民同士が助け合い、治安を維持するもので、罪人を捕らえるのも目撃した住民の手によって行われるが、治安巡査は街を代表して悪党を捕らえる役人だ。もっとも、ジーンのように過去の不審死を調べるほどの技量はないけれど」

この街にいる治安巡査は、聞いた限りだと夫人の死を不審と疑うこともなかっただろう。この時代の日本でいうおかっぴきか、それよりも現行犯逮捕を中心とした役割を担っているらしい。

「罪人はどうやって裁かれるんですか？　立証に必要な証拠も、基準があれば勉強します」

「裁判は治安判事のもとで行われる。判事は陛下に任命された責任ある役人だ。必要な証拠については資料を集めよう」

「ありがとうございます」

許可したからには全面協力をしてくれるつもりのようだ。ありがたいけれど、あまりに切り替えが早くて自棄《やけ》になっているのではないかと不安になった。

「今さらですけど、なんで俺の調査を許可しようと思ったんですか」

酒も勧めてもらったことだから、聴取以外のことは今夜のうちに話しておくのがいい。

ブランデーの匂いを嗅《か》ぎつつオーガストを見ると、水色の瞳はしばらく手元のグラスを見つめていた。そしてブランデーを一周揺らすと、オーガストは普段は涼しげな目元をどこか楽しげに細めた。

「初めてジーンを見たとき、それまで感じたことのなかった、不思議な感覚がした。国王陛下から葬儀屋まで多様な出逢《であ》いを経験してきたが、ジーンには、言葉にできない何かが秘められていると感じた」

人間の直感とは侮れないものだ。まさか未来から転生してきた人間が存在するなんて疑うことだってできないだろうが、しかしただの求職中の庶民ではないことは直感的に察していたらしい。今までに何度かじっと見据えられたのは、もしかすると、仁が本当は何者なのか、秘めているものは何なのか、オーガストも無意識のうちに解き明かそうとしていたのかもしれない。

「まさか、吸血鬼の存在をてらいなく否定するうえに、真の罪人を突き止めようと言い出す胆力がその秘めたるものとは、想像もしていなかったが」

ふっと仕方なさそうに笑ってから、オーガストはもう一度ブランデーを揺らした。

「白状すると、この惨状を打ち砕いてくれる奇跡が起きないかと何度も祈った。自分が他者からどう思われようと構わない。もとより利害が支配する社交界も好きではなかったし、気を遣うばかりの訪問者がいなくなったことにはせいせいした。けれどジーンも言ったとおり、子供たちに影響が出ることが何よりも耐え難かった。子供たちにはなんの罪もないのだから」

気高い表情の裏では、抱えきれない不安に苛《さいな》まれていた。オーガストの胸の内を知って、ますます解明への使命感が湧いたと同時に、子供には罪がないという言葉がひっかかった。

「子供に罪はないのは確かにそうだと思います。でもその言い方だと、伯爵には罪があるように聞こえます」

ときどき見せる罪悪感の原因を知りたかった。吸血鬼騒動と直接関係があるのかはわからないが、これからも子供たちと関わっていくのに、知っておいたほうがいい気がしている。

「吸血鬼だなんて思ってませんよ」

笑えない冗談だが、話しやすくなるならと言ってみた。するとオーガストは、グラスに残っていたブランデーを一気に飲み干して立ち上がり、ブランデーのボトルを手に仁のすぐそばまで寄ってくる。

「これを飲んだら、ジーンは酔って記憶をなくす。今夜以降、私が今から話すことは、一つも覚えていない」

仁の瞳をまっすぐ見てそう言ったオーガストは、仁のグラスにブランデーを注ぎ足すと、自分のグラスにも注いだ。

「子供たちのためだ」

ブランデーボトルを置いたオーガストは、視線で仁に一口飲むよう促して、もう一度席に着いた。そして、懺悔を決心したかのように鋭い溜め息を吐いて、穏やかに話し出す。

「私は伯爵家の長男として生まれ、育った。父は厳格そのものだった。反対に、母は物静かなひとだった。五歳になる少し前に母を亡くしたから、あまり記憶がないけれど、とても美しくて優しいひとだったことはこの胸に刻まれている」

オーガストが両親と生い立ちを最初に話すことに選んだのは、一家の業がそれほど深いからだと瞬時に悟った。母親を思い出す若き伯爵の瞳は、痛々しく見えた。

「母は繊細なひとで、亡くなったのは気の病からだった。その原因は父だ。母は、父がある女性とのあいだに私と歳の変わらない男子をもうけていたことを知って、気を病んでしまった。当時母は、私が爵位を継げなくなった場合に備え、もう一人男児を産むよう周囲から圧力を受けていたそうだ」

貞淑な妻と傲慢《ごうまん》な夫の図が瞬時に浮かんだ。まさか、オーガストに異母兄弟がいたとは。

「そのことを知ったのは、パブリックスクールを卒業した直後の父の葬儀のあとだ。祖父の代から仕えてくれていた家令が話してくれた」

十八歳まで異母弟の存在と母の病の原因を隠されていて、オーガストは憤ったのかと思いきや、意外なことを言う。

「異母弟の存在を知って、感じたのは喜びだった。母亡きあと、父は再婚せず子供は私一人。遠縁の親戚《しんせき》が遠方にいるくらいで両親も祖父母もいない。果てのない孤独に落ちた私にとって、腹違いでも兄弟の存在は救いだった」

天涯孤独の少年にとって、異母弟がたった一人の家族だった。そのころを振り返る瞳は、父の不貞に対する嫌悪も母の死に対する悲しみもなく、純粋で温かかった。

「召し使いに混じって父の葬儀に参列していた異母弟を見たとき、他人には絶対に感じないものを感じた。だから、その日に屋敷に迎えようとした。兄弟と呼び合えなくても、友人としてでもいいからそばにいてほしいと。画家を目指しているという弟は遠慮していたけれど、私がパトロンになって屋敷にアトリエを設けると言えば頷いてくれた」

よほど嬉しかったのだろう。当時の気持ちが蘇《よみがえ》ったのか、オーガストは幸せそうに笑った。

「画家見習いとして地方を旅してきたという弟の話を、私は喜んで聞いた。弟はとても人懐っこくて、高価なものは何一つ欲しがらず、私が用意した衣装を照れくさそうに着ていた。謙虚で慎《つつ》ましい彼は使用人にも好かれていた。もっとも、のちに引退する家令やマイルズは警戒していたが」

異母弟を家族として迎えたオーガストの純粋さは微笑ましいけれど、仁なら家令やマイルズと同じように弟の存在を警戒しただろう。聞く限り、当時のオーガストには今ほどの警戒心も伯爵としての責任感もなかったようだ。十八歳なんて大人として未熟な年齢の上に、父親の早逝は予想外のことだったはずだから、仕方のないことだったのだろうけれど。

「そのころは、縁談が毎日のようにきている状態で、花嫁候補を連れた遠縁の親戚や他の貴族が頻繁に私に会いにきていた。妻が屋敷に出入りするようになったのも同じときで、同伴者がなくても何かにつけて屋敷に来ようとする彼女には辟易《へきえき》していた。そんな私の代わりに、弟は彼女の絵を描いたり、一緒にモチーフにする花を集めたりして、私から彼女を遠ざけてくれていた」

ずいぶんと身勝手に聞こえる亡き夫人だが、異母弟しか相手にしてくれないとわかっていてなぜ何度も屋敷に来ていたのか。嫌な予感がして、それは的中する。

「数か月が経ち、妻は弟の子を妊娠したと言ってきた。私が彼女に求婚しないことは本人が一番よくわかっていたはずだ。だから、弟の存在を含め、一族の醜聞をたてに慰謝料でもまき上げようという魂胆だったのだろう。もしくは、弟が相応の身分になるよう私に便宜をはからせ、弟と結婚したかったのかもしれない。私は弟が彼女との結婚を望むなら、金銭で得られる最も高い身分を用意しようと思った。けれど、そんな相談もできないまま、弟は屋敷にあった宝石や金貨を盗んで姿を消した」

オーガストが伯爵になって間もなく亡き夫人が身籠《みごも》ったのは異母弟の子。それがアンドリューとローズなのは容易に想像がついた。まさか異母弟の残した子とその母親を自分の家族にしていたとは。吸血鬼ほどではないにしても想像できた範疇《はんちゅう》を超えている。

「弟は完全に行方をくらませた。妻は私を脅す材料を失って、今度こそ途方に暮れていた。未婚の女性が妊娠したことが世間に知られれば、一族の終わりだ。そのような場合、子供たちは存在を隠されるか、妊婦の両親の子と偽られ、一族の体裁を取り繕うものだ。どちらにしても、子供たちは日陰に育つことになる」

二十一世紀の日本でだって、婚外子はもちろんのこと、昔でいうできちゃった婚ですらまだ敬遠されることもあった。この時代でそんなことをすれば、軽蔑《けいべつ》と非難は必至だろう。オーガストは、自分以外の過ちによってその重責に向き合う結果になったということだ。

「生まれてくる子に罪はない。私は彼女を娶ることにした。弟の責任を肩代わりする意味と、子供たちがいれば弟がいつか戻ってくるかもしれないという淡い希望があったからだ。彼女に断わる理由がなかったのは想像がつくだろう」

亡き夫人がオーガストの異母弟をもし心から愛していたとしても、本当なら振り向いてもらえなかった伯爵との結婚は魅力的であっただろう。誰にでも明らかなことだ。

しかし、生まれてくる子を案じたとはいえ、好きでもない女性と結婚するほど、オーガストにとって異母弟の存在がそれほど大きかったとは。長くても半年ほど一緒に過ごしただけのはずなのに、亡き夫人と生まれてくる子供を受け入れてまで弟が帰る可能性を願ったオーガストの孤独に、胸がひどく痛んだ。

「弟さんはなぜ姿を消したんだと思いますか」

「前向きに捉えるなら、父の醜聞を隠し通すために、不貞の証明である自身を排除することで私を守ろうとした。屋敷に住んでほしいと言ったのは私だ。いつか問題になると、家令にもマイルズにも止められたが、押し通してしまった。妊娠については弟か妻のどちらから誘惑したのか知らないままだが、年ごろの男女が何度も顔を合わせる状況を放置していた私にも責任がある」

想像するに、屋敷で暮らす以前の異母弟は慎ましい暮らしをしていた。成金だろうがお嬢様と、しかもなかなかの美人だったなら、彼女の目的がオーガストにあると知っていても、魅了されずにはいられなかったのかもしれない。その可能性を考えなかったことは確かに、家長として脇が甘かったと言わざるを得ない。しかし、オーガストだって学校を出たばかりの少年だった。爵位も継いだばかりで、そこまで気が回らなかったのを責めるのは、酷な気もした。

「弟の失踪《しっそう》について、マイルズは、弟が最初からある程度の財産を狙っていたと考えている。金貨や宝石を奪って逃げたのがその証拠で、妻を誘惑したのも私への当てつけだと」

オーガストの異母弟に対する思いを知らなければ、仁もマイルズと同じことを疑っただろう。オーガストだって、状況から見れば異母弟が自分に利用価値を見出していたと受け止められることくらいわかっているはずだ。

「どちらも弟の本心とはかけ離れているかもしれないし、どちらも真実かもしれない。ただ、弟が盗んだ宝石がロンドンの宝石商に持ち込まれたとき、弟は決して私を陥れたかったのではないと確信した。なぜなら、ロンドンには盗品と知っていても宝石を買い取る宝石商がいるのに、弟が持ち込んだのは貴族を顧客に持つ宝石商だったからだ。盗み出された宝石にその宝石商から買ったものが含まれていて、気づいた宝石商は鑑定を理由に宝石を確保し、我々に知らせてくれた。だが、急いでロンドンに向かったころには、弟はもういなかった。おそらく大陸行きの船に乗ったのだ。大陸で売れば足がつかなかったであろう宝石をロンドンの宝石商に持ち込んだのは、必要以上のものを盗んでしまったからに違いない。私はそう考えている」

逃走費用では言い訳できない宝石を、オーガストに返すためにわざと名店に持ち込んだ。本当にそうだったなら異母弟は確かにオーガストを陥れるつもりはなかったのだろうし、マイナスに考えれば宝石商の違いを知らずに下手を打ったとも言えてしまう。どちらが真実でも、異母弟はもう戻ってこないだろう。金貨を盗んでしまった時点で、弟自身が退路を断ってしまったようなものだ。

良い香りがすることも気づけないかのように、オーガストはブランデーを口に流し込んだ。そして口内で転がしてから飲み込むと、小さく息をついた。

「妻との結婚を決めたとき、生まれてくる子を本物の我が子かそれ以上に愛すると誓った。その誓いは守っているつもりだ。アンドリューとローズは、私の大切な子供たちだ」

二人の母親は間違いなく今は亡き伯爵夫人で、オーガストとも血は繋がっている。そしてなにより、オーガストが二人の子供たちを心の底から愛しているのは、間近で見ている仁もよく知っている。オーガストは双子の父親で、双子はオーガストの子供たちだ。

「伯爵の罪は、子供たちの血縁を偽っていることですか。そんなの、日陰で生きる宿命を、伯爵家の令嬢、令息の人生に置きかえたことで十分償われていませんか」

突き詰めれば、異母弟の責任をオーガストが取る必要はなかったと思う。それでも、好きでもない女性を妻にして子供たちを迎え入れ、アンドリューを次代の伯爵として育てていることを罪と呼ぶのは、自分に厳しすぎるのではないか。思わず身を乗り出すと、オーガストは首を横に振った。

「吸血鬼の子として畏《おそ》れられるくらいなら、日陰で生きたほうがましではないかと考えると、子供たちの運命を狂わせたのは他でもない私自身だったことになる」

そういうことだったのか。合点はいったが納得はいかなかった。

「吸血鬼なんて存在しません」

言いきれば、オーガストは仕方なさそうに笑みつつも俯いた。

「ジーンは私を擁護してくれるが、私は罪深い人間だよ」

夫人を愛さなかったことを言っているのだろうか。それとも、子供たちに嘘をつき続けることを指しているのか。どうしてそこまで自責するのか、仁にはわからなかった。しかし、今夜はもうこれ以上訊こうとは思わない。苦しい過去を話すにはその過去を振り返らなければならないからだ。オーガストは落ち着いて話し続けていたけれど、胸中は荒波が立っているに違いない。

上等そうなブランデーを飲んだあとでも、とてもでないが眠れる精神状態ではないのではないか。心配になって横顔をうかがうと、視線に気づいたオーガストは、残りのブランデーを飲み干して、空のグラスを揺らしてみせた。

「酒に酔って支離滅裂なことを長々と話してしまった。悪かったね」

この話は忘れる約束だ。アンドリューはオーガストの息子で、ローズは娘。どんな過去があろうと、二人はオーガストの大切な子供だ。

「俺も酔ってしまって、目を開けて寝ていたので何も覚えてません」

冗談を言うと、伯爵の笑顔を初めて見ることができた。

「吸血鬼のことは、解明に至らずとも責任を感じないでほしい。その意気込みだけでも十分、救われている」

立ち上がったオーガストは、本当に仁の心意気だけで満足しているようだった。しかし、仁は意気込みだけで終わる気はない。

「伯爵の汚名を晴らしたいのも、子供たちの日常を取り戻したいのもそうですけど、俺が解決にこだわるのは真犯人が野放しになっているのが許せないからです」

一度人を殺した人間にとって、犯罪という垣根は劇的に低くなる。怖いものがなくなるからだ。放っておくわけにはいかない。一度は警察官だった仁の矜持だ。

「ジーンはただごとでは驚かないけれど、君は人を驚かす。それほどの正義感を持っていたとは、少し意外だったよ」

微笑んだオーガストは、「意外と言ったのは、単純に、君が若いからだ」と付け加えた。

そういえば、見た目年齢は二十歳《はたち》そこそこだった。鏡を見ることがほとんどないので、自分の新しい容姿になかなか慣れられない。

「ごちそうさまでした」

オーガストから空のグラスを受け取り、自分が使っていたグラスも持ち歩き用の蠟燭と一緒に盆にのせると、オーガストが扉を開けてくれた。

「よければ、また晩酌に付き合ってくれないか」

部屋を出たところで誘われ、見上げた容貌《ようぼう》はやはり端整で、そしてどこかはにかんでいるようにも感じられた。

「こんなにも正直に誰かと話したのは久しぶりだ。ときどき、仁の気が向いたときだけでいい」

「もちろん」

忘れる約束をしなければならない双子の真実を知っているのは、マイルズぐらいだろう。その点について気兼ねなく話せるだけでも、ずいぶん気楽になるはず。仁だって、友達も知人すらいない場所で一から生活を始めたから、たまに酒を飲んで話せたら嬉しい。

思いがけずオーガストが身近になって、意外なほど喜んでいる自分がいた。

翌朝、朝食を片づけたあと、書斎に呼ばれた。今日は天気が悪くて洗濯ができないので、晴れの日よりも心と時間に余裕がある。

「失礼します」

書斎にはオーガストだけでなくマイルズもいた。デスクに着いているオーガストの前には、真新しい手帳と鉛筆がある。

「調査に使えるだろうか」

デスクの前まで行き、受け取った手帳は革製のカバーに紙が挟まれていて、カバーに結ばれた革紐《かわひも》を巻きつけて閉じておくレトロなデザインだった。

（いや、これは流行の最先端かもしれない）

一緒に渡された鉛筆は、芯《しん》が木に挟まれておらず、代わりに太い芯に糸が巻かれている。鉛筆なんて古い技術だろうと勝手に決めつけていたが、この時代にはまだ仁の知っている鉛筆は発明されていなかったらしい。

（江戸時代だもんな）

日本で近代警察が設立されたのが一八七一年。大政奉還から数年以内のできごとだったはずだと、先日ふと思い出した。ということは、一八三五年の日本は江戸時代。メイドを始めたころ、まるで時代劇だと思っていたが、本当に徳川将軍時代だったというわけだ。

「ありがとうございます。大事に使います」

デスクの上には、インクに先を浸すタイプのペンセットが置かれている。誰《だれ》かが万年筆タイプのペンを持っているのも見たことがない。ということは、鉛筆だけでなく携帯できるインク入りのペンも存在しないのだ。携帯できる鉛筆を持たせてくれるのは、オーガストが先回りして仁にとっての利便性を考えてくれた証拠である。

「マイルズにも、ジーンが調査をしてくれる旨は伝えた。これは屋敷にあった裁判の資料だ。街の治安巡査の詰め所にも詳しいものがあるだろう」

渡されたのは、重厚な本だった。刑法や裁判について書いてあるようだ。

「今晩読んでみます」

「さっそくだが、質問はないか。この雨では郵便もこないから、今朝《けさ》は時間がある」

オーガストは日中、会社員と変わらない忙しさで様々な書類に目を通し、返信を用意している。電子メールや電話がないから、読み書きに時間をとられてしまうのだろう。書斎そのものや書類をさばく所作は優雅だけれど、想像していたような、使いきれない金の上にふんぞり返る貴族の生活とは程遠い。

オーガストはよく乗馬に出かけるが、暇つぶしではなく、休憩と様式美と、なにより馬のためだ。厩舎《きゅうしゃ》に立ちっぱなしでは馬もストレスになるから、息抜きできるように連れ出すのも、飼い主の責任というわけだ。

しかし今日はひどい雨だから、郵便はこないし馬にも乗らない。遠慮なく時間をとってもらえる。

「まずは遺体発見時の状況から。日時と場所の詳細、発見者を教えてください」

さっそく手帳を開いた仁は、オーガストたちが目を丸くしているのに気づいた。

「何か、変なこと言いました?」

「いや。まるでロンドンの警察のようだと思ってね」

「ロンドンの警察?」

「ウェルトン地方にいるのは治安巡査だが、ロンドンでは犯罪を取り締まる専門機関が置かれている。そうして手帳を持って目撃者を探している巡査に声をかけられたことがあるよ」

「都会には警察があるんですね」

オーガストの斜め後ろに立っているマイルズは、仁が鉛筆を握り直すと夫人の遺体発見時について、詳細を話し出した。

「夫人のご遺体が発見されたのは、屋敷の外、上階のバルコニーから階下のほうへ繋《つな》がる階段を下りたところです。最初に発見したのは、確か下働きの……」

事件発生は九月十日の早朝。第一発見者は下働きの青年ニック。卵を取りに出かけようとしたところ、夫人の遺体を発見。起床直後のマイルズが駆けつけたころにはすでに何人もの使用人が集まっていて、吸血鬼の仕業だと言い出していた。遺体の様子はオーガストに遠慮して話そうとしなかったが、オーガストが躊躇《ためら》わずに教えてくれた。

マイルズに起こされて、第一発見者に十分ほど遅れて遺体を確認したオーガストによると、遺体は青白く、衣服は前夜に夫人が一人で出かけていく際着ていたドレスと同じで、髪は乱れていた。拘束痕《こうそくこん》や圧迫痕の有無は確認した記憶がなく、それはマイルズも同じだった。夜のうちに雨が降ることはなく、発見現場の地面は乾いていて夫人も水などに濡《ぬ》れていた様子はなかった。気温は高くはない朝で、遺体の腐敗は特に認められず、首元に出血痕があり、ドレスも胸元や肩に血痕があった。

「体内の血液が異様に少なかったというのは、どうしてわかったんですか」

「葬儀屋が遺体の防腐処理をする際に血液を抜くが、その血液が普通より少ないと言って驚いていた」

「……じゃあ、伯爵とマイルズさんを含め、葬儀屋の到着までは夫人の血液残量が少ないことを誰も知らなかったってことですか」

「そうだと思うが」

「でも、遺体発見当初から、吸血鬼の疑いは出ていたわけですよね」

仁が指摘すると、オーガストとマイルズは驚いた表情で目を見合わせた。

「確かに、そうだった。首に変わった傷があって、顔や首が異様に青白く見えたから、吸血鬼という言葉がやけに真実味のあるものに聞こえた」

自然死の遺体でも、仰向けの場合、血液が地面の側、つまり背中に寄って顔色や首回りなどが青白くなる。初めて遺体を見た人間なら、それを異様と捉《とら》えても不思議ではない。

この吸血鬼騒動は、そんな心理を利用して演出されたものではないか。直前に家畜の吸血騒動があったならなおさら怪しい。

「夫人を敵視していた者や、恨みを募らせていた者はいませんか？」

「多方向から敬遠されていたけれど、その代わりに特定の誰かに恨まれるということもなかったように思うが」

オーガストの正直な印象に、溜《た》め息《いき》をつきたくなった。望んでいた形でないにしても伯爵夫人になったのだから、夫人は態度を改める努力をすべきだったと、思わずにはいられなかった。

「家政婦や女中、メイドさんはどうでした」

マイルズに訊《き》くと、言いにくそうにしながらも答えた。

「奥様がお屋敷に来られてから女中の入れ替わりが多くなりましたが、言い方を変えると皆納得がいかなくなれば見切りをつけていましたので、階下で限界以上の反感を募らせていた者はいなかったかと」

何度聞いてもずいぶんな夫人だ。そうなると屋敷の外に敵がいそうなものだが、その場合は捜査範囲が広がって、一人では手に負えなくなってくる。

「事件当日、この屋敷に泊まっていた客人はいませんか」

「いいえ」

外敵がいたとしても、屋敷の敷地内で誰にも目撃されず、闇《やみ》の中で犯行に及ぶのは困難だ。それに、夫人が前夜に外出していたなら、その外出先か道中を狙《ねら》うほうが自然に思える。

「クリフという調理人と夫人に接点はありませんでしたか」

オーガストはクリフのことを知らなかった。本来なら、執事や家令でない限り、階下の人間と伯爵が話すことなどないのだろう。訝《いぶか》しげなオーガストの代わりに、マイルズが咳《せき》払《ばら》いをして答える。

「奥様との接点は、お屋敷ではなかったと思います。輿《こし》入《い》れ以前でしたら私もさすがに……。ですが、接点があったようには見えませんでした。奥様は、男性の見目にこだわりのある方でしたし、奥様のほうから関《かか》わられることはなかったでしょう」

街で見かけたクリフは、清潔感を加えたとしてもモテそうな容姿ではなかった。夫人が面食いでなくても、声をかける理由はなかっただろう。

「そのクリフというのは、一体何者なのだ」

怪訝《けげん》そうにオーガストが訊《たず》ねたが、仁には答えるより先に知りたいことがある。

「その質問に答える前に。ペイジ男爵と伯爵の関わりを訊いてもいいですか？」

なぜペイジ男爵が話題にのぼるのだと、至極もっともな反応をしたオーガストは、あまり気乗りしない様子で口を開く。

「男爵は先代から以前の功績が認められ、十年ほど前に叙爵された。何度か会っているが、気の利いた話ができる男ではないな」

「爵位を金で買った成金という評判を街で聞きました」

「叙爵以前の功績にもよるが、貴族としては最下位の男爵で一代目、海運業とは名ばかりの商人あがりでは、貴族として得られる信用はないに等しい。貴族でなくとも伝統ある地主一族のほうがよほど尊敬される。爵位を買ったと揶揄《やゆ》されるのも仕方のないことだろう」

商人あがりという一言に、職業差別的な意識を感じた。商売人はどれほど金持ちになっても尊敬される業種ではないようだ。オーガストや他の貴族にとっては差別でなく区別なのだろうけれど、成功を収めても評価されない悔しさは商売人のほうにはあるだろう。

「詳しいんですね」

「私の街にいる貴族を知っておくのは当然だ。一代目の男爵でも、貴族という括《くく》りに入ったことには変わりない」

「ペイジ男爵はなぜ自分の街に住まないか知ってますか」

「すべての貴族が所領を所有しているわけではない。とりわけ、近年叙爵を受けた貴族家は所領がないことが多いだろう」

事実を淡々と話しているようでも、オーガストの口調の端々に嫌悪感が滲《にじ》んでいる。

「あんまり男爵が好きそうじゃないですね」

「好き嫌いで言えば嫌いだ。新しい貴族家が増えることに異論はないが、貴族は人々の模範であるべき存在だから、その精神を無視してただ権力と名声に固執する姿勢は貴族として失格だと私は思っている。それに、なぜか私たち伯爵家がいなくなれば、ウェルトンがいずれ男爵の支配下になると誤解している節がある。どこからそんな嘘《うそ》を吹き込まれたのか」

「吸血鬼騒動を起こして、伯爵家を呪《のろ》われた一族にしてしまうほどの誤解ですか？」

ペイジ男爵の資産や所有不動産の規模も価値も知らないが、伯爵家が羨《うらや》ましくて堪《たま》らないように聞こえる。オーガストが街に顔を見せなくなり、我が物顔で街を闊歩《かっぽ》しているという酒場で聞いた話からも、伯爵の称号は無理でも街を実効支配したいという欲求が透けて見えている。

オーガストもそれはわかっているだろうが、さすがに首を傾《かし》げた。

「人殺しまで犯してというのは過激に感じられるが。なにより、貴族として信用を得たいなら私を敵にせず味方につけるべきだ。気に入らなくともごまをするほうが近道になる」

仁も、新参者が伝統ある権力グループに馴染《なじ》みたいなら、すり寄るのが正解だと思う。男爵は、本当にそんなことも理解できないほどの愚か者なのだろうか。

「もし伯爵一家が吸血鬼騒動をきっかけに没落しても、ウェルトン地方は本当に男爵の手には渡らないんですか」

「貴族の伝統とはそう単純なものではないよ、ジーン。私亡きあとはアンドリュー、それも不可能であれば父方の血筋を遡《さかのぼ》り、たとえ遠縁であってもシャンドル家の男系男子に渡る。一人も該当者がいなければ女児に渡るかもしれないが、そうでなければウェルトン地方と伯爵位は王家へと返還され、次にふさわしいウェルトン伯爵が現れたときに叙爵されるだろう」

「その次にふさわしいのがペイジ男爵という可能性は？」

「ない。この数十年は叙爵が相次いだが、伯爵位以上になると話は別だ。王家や貴族家の血縁ならともかく、必要とされる功績の良い例はウェリントン公爵のような、ナポレオン軍に勝利するといった世紀の功績になる。しかし閣下も庶民から公爵になったわけではなく、生家はスコットランドの伯爵家だ。要は、男爵位に異論が出る商家に、それ以上の爵位はよほどのことがない限り叙爵されない」

　ナポレオンなんて名前が聴取中に出てくるとは、この時代の貴族らしい。それにしても、ペイジ男爵が貴族社会の成り立ちを正しく理解していないとして、男爵が伯爵家に問題を発生させたとしても、得られるのはせいぜい、街での存在感くらいのものか。動機には足りない気がする。しかし、そんなちっぽけなもののためでも、悪事を考える悪党はいる。悪党にも価値観の差があるからだ。

「伯爵は結婚以前に、ペイジ男爵から娘さんなどとの見合いを持ちかけられて、断っていませんか？」

玉の輿《こし》を夫人に横取りされた恨みも一応考えてみたけれど、オーガストは首を横に振る。

「断るも何も、誰かを断る前に結婚が決まった」

「そうっすよね……」

ペイジ男爵が糸を引いているとすれば、とんだ勘違いが動機の殺人事件ということになる。人が殺されていい理由なんて世の中には存在しないけれども、もし男爵が伯爵家の名に傷をつけるために画策したなら、とんでもなく愚かな悪党ということだ。

「さっきの伯爵の質問に答えると、クリフというのは調理人で、この屋敷に入る前、ペイジ男爵の屋敷で働いていた男です。そして、騒動のあとまた男爵家に戻っている。このクリフという男はあまり仕事に熱心でなくて、それなのに古巣に戻れたことがひっかかっているんです」

クリフの存在を知ったことで、ペイジ男爵を怪しむようになった。先入観は良くないが、こういう直感は重要でもある。

「ペイジ男爵とクリフという調理人を疑っているのか」

「今の時点では、一番の容疑者です。でも、証拠もないし、目撃証言もない。クリフが以前男爵邸にいたことも立証はできていないから、容疑者というより要注意人物ですかね」

「そうか」

「ただ、技量は未知数ですけど、調理人なら血抜きができると思うんです。それもあって、要注意です」

オーガストにとっては特に、意外なところから容疑者が現れたことになる。マイルズと目を見合わせたオーガストの横顔は、困惑に染まっていた。

「マイルズさん、クリフについて何か思い出したら教えてください。もし、辞めてしまった他の使用人と連絡がとれそうであれば、夫人の事件以前に家畜が殺されていた件についても知りたいので訊いてもらえますか」

「わかりました」

「マイルズ、家畜が殺されていたとはどういうことだ」

「夫人が亡くなられる以前、家畜が夜中に殺されることが数度ありました。吸血鬼と騒ぐメイドもおりましたが、私は野犬や獣の仕業と考えておりましたので、ご主人様のお耳に入れることではないと判断しました」

「そうだったのか」

主《あるじ》が知るべき情報を絞って知らせるのも執事の仕事だ。家畜の件を知らなかったことについて、オーガストは納得した様子だった。

「あと、やっぱり街に出て元使用人からの証言を集めたいです。なんとか時間を作ってもらえませんか」

　手帳を閉じつつ許可を仰ぐと、オーガストは驚きに顔をこわばらせていた。

「時間はなんとかしよう。しかし、驚いたな。これほど詳細な質問を順立てるとは。その探偵業とやらはどれくらいのあいだやっていたのだ」

「二年くらいですかね。仕事が終わらないと手間賃をもらえないから、できるだけ早く解決できるように工夫してたんです」

「そうか」

　オーガストがすんなり信じてくれて助かった。歴史の中に転生したことを確信している以上、未来の技術や知識を知られるわけにはいかない。嘘をつき続けるのは申し訳ないが、しかし、どうしても言えないから嘘を信じてもらうしかないのだ。

「治安巡査の協力は不可欠だな。ジーン一人では手に負えないことも出てくるだろうから」

「その治安巡査は、夫人の死因を検証したんですか」

「いや、治安巡査はそこまでのことはしない。それに、吸血鬼の仕業以外を疑わなかったから、そのまま葬儀屋を呼んで、埋葬した」

「埋葬……」

その言葉に、一つのことが閃《ひらめ》いた。宗派は知らないがオーガストはキリスト教徒だ。埋葬されたということはつまり、防腐処理が施された遺体が墓石の下に眠っている。復活の日を待つといった意味があり、防腐処理の歴史は長く、この時代でも貴族のような金持ちは特に、質の高い処理が施されているはずだ。事件からひと月半ほどであれば、保存状態が良ければ死因解明に繋がるものが見つかるかもしれない。日本では火葬が一般的で、葬儀が終わっていれば遺体の検証は不可能だったから、埋葬なら可能なことがすっかり頭から抜けていた。

しかし、墓を暴くのがどれほどの冒瀆《ぼうとく》行為とみなされるかわからない。言うか言わないか、親指と人差し指のあいだを押しながら必死に考えた。そしてやはり、夫人の遺体を確認したいという結論に至った。

「もし、伯爵が許してくれるなら、夫人の棺《ひつぎ》を開けたいです」

顔を見ては言えなかった。おそるおそる視線を上げると、明らかに困惑した表情で、オーガストは組んだ指を力ませていた。

「犯人を捜せても、死因が人為的である証拠がなければ意味がない。犯罪に巻き込まれた遺体には、必ずどこかに死因を解明する糸口がある。俺が、責任をもって探します。だから、もし神様の教えとか伯爵の良心とか色々、許せるならやらせてください」

検死は自分の知識レベルを超えているが、現場で確認する範囲ならなんとかなる。仁が疑っているのは毒か絞首だ。どちらも、遺体に痕跡《こんせき》が残りやすい。

「棺を開けて、何を探すのだ」

「首元の傷以外に大量出血を可能にする大きな裂傷や切創がないか。絞殺や毒殺の痕跡の有無も探します。生きた人間から死に至るほどの血を抜くというのは、想像するより難しいんです。俺は、死因は失血ではなく、他の要因だと思ってます」

言いきった仁の顔をまじまじと見たオーガストは、数拍逡巡《しゅんじゅん》したあと、深く頷《うなず》いた。

「わかった。葬儀屋を呼ぼう。掘り起こす際には治安巡査にも立ち会いがあるといいだろう。彼らも、絞首の痕《あと》くらいなら見てわかるだろうから。マイルズ、手配を頼む」

「かしこまりました」

検死ができれば、新たに見えてくるものがあるはずだ。解決に向けて前進する期待を胸に、仁は子供たちの遊び部屋へ向かった。

翌日、よく晴れた朝、巡査や葬儀屋を呼ぶ手紙が送られた。そして午前中には、先日店で注文した子供たちの衣装が届けられた。日当たりの良い居間に仕立て屋を通した仁は、マイルズに渡されたオーガストのおさがりを着ている。パブリックスクールにいたころの普段着だという衣装は、現在のオーガストの衣装よりもサイズも小さく、色合いが若々しくて、見た目年齢二十歳《はたち》の仁にはちょうどよかった。

なぜおさがりを着せられたのか。その答えは仁のためだ。これから仁の衣装を仕立ててもらうのに、メイド服で出てくるわけにはいかない。他にも、治安巡査と面会したり、聞き込み捜査に行ったり、明かす素性がない仁が信用を得るには、信用したくなる外見が必要というオーガストの提案だった。

「いつも贔屓《ひいき》にしていただきありがとうございます」

先日も街の店で思ったが、仕立て屋は吸血鬼の噂《うわさ》にあまり関心がないのか、骨の髄からプロなのか、吸血鬼を恐れているそぶりはまったくない。ほっとしつつ採寸を始めてもらうと、オーガストが仕立て屋に話しかけた。

「スクール時代の後輩だ。しばらくこの屋敷に滞在する」

「ご学友ですか。冬の始まりに良い知らせですね」

人の良さそうな仕立て屋は、丁寧に採寸しつつ、好みの生地や色を訊いてきた。

「今回はペイジ男爵邸での舞踏会に向けての衣装をご所望でしょうか」

見当はついていると気を利かせた仕立て屋の背後で、オーガストが一瞬眉《まゆ》を寄せたのが鏡越しに見えた。招待状は届いていなかったようだ。

「舞踏会に興味はあるか」

話を振られ、すぐには答えられなかった。ペイジ男爵についても調査したいのは山々だが、招待状なしに行けるものなのか。鏡越しにオーガストの目を見ると、どうとでもできると言わんばかりの表情が返ってきた。

「はい」

「では、彼に舞踏会用の衣装を。流行のものにしてくれ」

「かしこまりました」

「舞踏会に向けてペイジ男爵も一家全員の衣装を新調したのではないか」

「ええ、張り切ってらっしゃいましたよ。ウエストコートはずいぶんと若々しい色を選ばれました」

話に聞く限りあまり印象の良くない男爵だが、服のセンスも悪いらしい。こんなに徹底したプロの仕立て屋が若々しいなんて皮肉を言うのだから、よほど似合わない色を選んだのだろう。

「他に目ぼしい参加者はいそうか」

「ロンドンの社交シーズンが終わって初めての舞踏会ですから、楽しみにしておられる方は少なくないのでは」

「そうか」

いかにも上流階級な会話を聞いて、やっと気づいた。仁の着替えは確かに必要だったけれど、仕立て屋に出向かず、荷物を届けてくれたところを引き止めたのは、街の様子やペイジ男爵のことを聞き出すためだった。オーガストも、吸血鬼騒動の解決に前向きになっている。

「外出着と散歩着も頼む。コートも必要だろう」

「かしこまりました」

生粋のプロといった仕立て屋も、一度に数着の注文を受けて口元が緩んでいた。

仕立て屋は届けにきた荷物と一緒に生地やボタンのサンプルも持ってきていた。今回のような突然の売り上げを逃さないためだろう。まさか仁が普段はメイドをしているなんてこれっぽっちも想像していないようで、サンプルを丁寧に見せてくれた。けれど、チート能力も自分の生活レベル以上のことには役に立たず、仁にはその価値がわからない。仕方がないので、ぜんぶオーガストと仕立て屋に選んでもらうことにした。

生地を選びながら、オーガストは街の様子を色々と訊いていた。特に変わったことはないようで、仕立て屋はありがたそうに帰っていった。

「ペイジ男爵の舞踏会、勝手に行っていいんですか？　伯爵には招待状がきてなかったんでしょ」

おさがりをもう一度着て襟を正しつつ訊けば、オーガストは小さく溜め息をついてから答える。

「本来なら、同じ地域に住んでいる上位貴族、特にその地方の領主には、誘いたいかどうかにかかわらず招待状を送るのが礼儀だ。誘うというよりも、集会を開く許可を仰いでいるようなものだ。異存なければ干渉はされないし、もし上位貴族が来れば舞踏会にも箔《はく》がつく」

「要するに、送るべき招待状を送ってない不届き者のところに出向いてやるってことですか」

意地悪な言い方をすれば、オーガストも片方の口角を上げげた。

「領主の登場は歓迎されるべきことだ。私に招待状を送らなかったのは、社交界の慣習を甘く見ているか、やましいことがあるかだろう」

「やましいんでしょうね」

鏡の前で、一つ溜め息をつく。おさがりとはいえ上等な服を着た己の姿は、他人にしか見えない。美少年顔は見慣れてきたものの、貴族の服を着るとまるでコンサート中のアイドルだ。鏡の中の自分をむず痒《がゆ》く感じていると、オーガストが真後ろに立った。

「よく似合っている」

鏡の中、肩越しに微笑《ほほえ》みかけられ、耳が熱くなるのを感じた。

「本当のことを言うと、上等すぎて落ち着かないんですけどね」

整った目元に穏やかな視線を投げかけられて、どうしても照れてしまって俯《うつむ》いた。そんな仁の肩をそっと摑《つか》んだオーガストは、仁を振り向かせると、襟元に手を添えた。

「立派な若い紳士ではないか。ジーンは品のある顔立ちをしている。意志の強さが伝わってくるようだ」

仁の襟元を整えたオーガストは、満足げに微笑んだ。

「服装のおかげですよ」

はにかみがちに照れ隠しをすれば、仕方なさそうな微笑が返ってくる。

「正直に話せば、人の顔立ちには関心を持たないようにしている。役に立たないからだ。ジーンのことも、最初はろくに顔立ちを見てはいなかったが、君はとても興味深いことをするから、自然と顔立ちが目に入るようになっていた」

容姿に関心を持たないとは、自身に美貌《びぼう》が備わっているだけに勿体《もったい》ないと思えてしまう。

しかし、そんなオーガストの視界に映るほど自分の存在に意義が生まれたなら、素直に喜びたい。転生前も天涯孤独だったけれど、今はもっとそうだ。それでも双子の世話とメイド仕事を通して、警官のころには感じ得なかった、子供の無邪気さに触れる温かさや、一日を終える達成感を知った。その成果がオーガストの興味に火をつけたなら、これ以上に嬉《うれ》しいことはない。

「興味深いことっていうのは、貴族の子供に洗濯を手伝わせたりすることですか」

照れ隠しに冗談口調で言えば、伯爵は声を上げて笑った。

「そのとおりだ。子供たちが洗濯上手になったらどうしてくれるのだと思ったよ」

洗濯ができて困る人間はおそらく地球上に存在しない。貴族でさえ、知っていて困るわけではないのだ。それをわざと言って冗談にするオーガストは、とても優雅な、けれど普通の青年だった。

昼食を挟み、コンスタブルと呼ばれる治安巡査が二人、屋敷にやってきた。服装は仁が持っている唯一の着替えを少し良くしたくらいの、私服警官といった風体で、治安に目を配るのが仕事のはずなのに、吸血鬼伯爵の屋敷に呼ばれて少々気後れしている様子だ。

「スクールの同窓生で、私立調査士のジーン・モロイだ」

三十歳前後の巡査たちは、オーガストのおさがりを着た仁に、深く頭を下げた。高級な

服装のせいでずいぶん高貴な身分だと思ったらしい。しかし、私立調査士とは、オーガスト

も効果的な肩書きを考えたものだ。

「妻の逝去について、君たちも知っていると思うが」

吸血鬼の噂をほのめかされ、巡査たちは目を泳がせた。

「ジーンは死因に疑問を持っている。事故でも獣でも、吸血鬼などという逸話でもなく、れっきとした人間による殺人であると」

躊躇いなく言い放たれた言葉に、巡査たちは目を見合わせている。殺人なら彼らの出番だが、事件からひと月半以上も経って、一体何をしようというのか、想像もできないでいるようだ。

「もし人間の仕業であれば、罪人が野放しになっていることになる。ウェルトンの治安を守る巡査として、これほど辛抱ならないことはないだろう」

最初は言葉数が少ない印象だったが、オーガストはよく喋《しゃべ》るしなかなかの皮肉屋だ。治安巡査は地域によって有志による無給の治安活動になるそうだが、ウェルトンの治安巡査は領主から給金が支払われている立派な職業だ。つまり、目の前の巡査たちはオーガストの依頼を拒否できない。巡査の領域だと言われればより逃げられなくなる。

「そこで、妻の遺体を検死することにした。もうすぐ葬儀屋が棺を掘り起こしてくれる。

君たちも臨場してくれ」

墓を暴くなんて治安巡査の想定業務をはるかに超えているだろう。二人の巡査は唇を力ませながら頷いていた。

ほどなくして葬儀屋が来て、敷地内にある墓を掘り返す作業に入った。彼らは意外にも平然と棺を掘り返していて、仁のほうが驚いたくらいだ。若い数人が掘削作業をする横で、責任者であり夫人の遺体の衛生保全を行った男性に、当時の遺体の特徴を訊いた。印象的なできごとだったからか、男性は首元の出血痕について詳細に覚えていた。

「六つの小さな穴が半円を描くように並んでいて、これが吸血鬼の嚙《か》み傷なのだと驚きましたよ」

男性が宙に絵を描いてみせてくれたのは、確かに緩やかな半円形のようで、歯形と言われれば連想しそうなものだった。

他にも、遺体に残された血痕は髪に多く付着していたことや、遺体は発見現場からすでに動かされていて、現場は見ていないこと。そして、首元が大きく開いた衣装は、背面に土汚れが多かったことを教えてくれた。

遂に棺が掘り出され、巡査たちは胸の前で十字架をきっていた。オーガストには、屋内で待つように言ってある。保存状態がわからない以上、慣れていない人間に遺体の目視は勧められない。状態によっては巡査たちも腰を抜かすだろうから、棺を開けるまでは後ろを向いておくように言った。

「では」

棺の蓋《ふた》が開けられた。伯爵夫人を埋葬するに値する棺は頑丈で、内側はきっちり密閉されていたようだ。防腐処理も丁寧に行われていたようで、光沢のある内布に囲まれた遺体は、美しいドレスを纏《まと》って永遠の眠りに就いていた。

棺に歩み寄った仁は、合掌をして黙祷《もくとう》を捧げる。刑事のころの習慣で、自然と手を合わせていた。

そしてマスク代わりの手ぬぐいで鼻と口を隠し、頭の後ろで結ぶ。手にはトーマスから譲ってもらった古の手袋を嵌《は》め、巡査たちに検視結果を記録してもらいながら、遺体の痕跡を探していく。

一番に確認したのは首元の傷だ。男性の言ったとおり、首のつけ根と鎖骨のあいだに六つの刺創があった。半円形に並んではいるが、歯形と呼ぶには粗末なものだ。それに、吸血鬼の歯がどれほど細長くても、人型の口内に収まるような歯では到底届かないほど深い傷だった。

「これは咬傷《こうしょう》じゃないな。刺創だ。凶器はおそらくフィレナイフのような細長い刃物。

傷の深さは深いもので五センチはある。動脈をやられているから、刺されたときに大量出血したなら、夫人の息はあったってことになる」

「なぜ夫人の息があったと？」

記録をとっている巡査が、おそるおそる訊いてきた。遺体を前に腰が引けているけれど、検死に興味はあるようだ。

「大きい血管を一突きされているけれど、何本も切り開かれているわけじゃない。出血っていうのは血流と血圧があってこそ血が押し出されるわけだから、道具を使って血を抜いたんじゃなければ、夫人の息はあったということになる」

検死は仁の専門外だったとはいえ、二年間の強行犯係での経験で色々な遺体と向き合ってきた。この刺創については自信がある。躊躇いのない仁に、巡査たちは驚きを隠せないようだ。やはり、経験のある捜査は物盗りを追いかける程度のことだったのだろう。仁を見る二人の目は、まるで教師を見上げる生徒だ。

「でも一番の問題は、こっちの絞首痕だ」

顎《あご》の下に隠れて見えにくいが、細い縄で首を絞められた痕があった。縄の痕の周辺には、吉川線《よしかわせん》と呼ばれる、爪《つめ》でひっかいた痕まである。これは、誰かに首を絞められて抵抗しようとして被害者が自身の首や犯人の腕などをひっかいてできる傷で、この吉川線の有無で自殺か他殺かを判断する材料になる。

「この、縄と垂直になるようなひっかき傷、これは他殺の首つりの証拠だ。自分で首を吊《つ》ったなら抵抗しないから、こんな痕は残らない」

想像したとおりの展開になった。毒をもられたり酒や睡眠薬で眠らされて刺されたなら、証明は難しかった。しかし、絞首痕がくっきりと残っているから、遺体が自ら人間の犯行だと証明してくれる。

「つまり、夫人は首を絞められたあと、首を刺されたと考えるのが妥当ということだ」

断言すると、巡査たちは息をのんでいた。得体のしれない吸血鬼も恐ろしいけれど、殺人鬼が街に潜んでいたなら、より恐ろしいことになりかねないからだ。

「巡査方、何か意見はないですか」

「いいえ」

首を横に振った巡査たちは、記録紙に立ち会いの署名をした。葬儀屋の数名にも署名をしてもらい、これで吸血鬼の犯行でないことは証明できるようになった。

「残留血液が少なかったそうですね」

「ええ、そう感じました。ですが、今考えると吸血鬼という言葉に騙《だま》されていたかもしれません」

葬儀屋は検死官ではないから、ただ目の前の遺体を保全しただけ。吸血鬼の先入観に惑わされていたとしても仕方がない。

「心肺停止状態でも、刺創からはある程度血が流れますからね。髪についた血痕なんかは刺創からの出血でしょう。残留血液も、通常よりは少なかったかもしれません。どちらにせよ、防腐処理が丁寧だったおかげで、大事な情報が得られました」

礼を言った仁は、オーガストのところへ向かった。一応、再埋葬する前に、棺を閉じてしまっていいか確認しておきたかった。

屋敷に呼びにいこうと思ったが、オーガストは近くで待っていた。

「状態が良くて、調べたかったことはぜんぶ調べられました。やはり吸血鬼なんて存在しません」

断言すると、オーガストは詰めていた息を勢いよく吐いて、安堵《あんど》の表情を浮かべた。だが、なぜか思い悩むように顔色を曇らせる。

吸血鬼の不在は証明した。しかし、夫人が殺されたことは変わらない。呪いの噂も、真犯人なしには消せないから、オーガストの苦悩はまだ終わらない。

「もう、棺を閉じてもらっていいですか」

数拍思案してからオーガストは静かに頷いて、屋敷のほうへ消えてしまった。

棺が閉じられ、元の場所に埋め直される様子を、仁と巡査が見守った。最後に土が均《なら》されたところで、仁はもう一度合掌をして、巡査たちは十字をきった。

そこへ、オーガストが現れた。手には花束を持っている。人手不足のせいで屋敷の中に花を飾ることもままならなかったのに、その花束はとても美しく、可憐《かれん》だった。丁寧に摘《つ》まれたのがわかる。伯爵邸にかけられた嫌疑を払うために掘り起こしてしまった夫人への謝罪と感謝が込められている気がした。

「ご苦労だった」

葬儀屋と巡査をねぎらったオーガストは、今後は殺人事件として捜査をし、連絡をとっていくこと、そして他言しないことを約束して、巡査たちを帰していた。葬儀屋は、伯爵の役に立てたことを誇らしげに帰っていった。

花束を抱えたままだったオーガストは、墓前に歩み寄ると静かに跪《ひざまず》いた。

「伯爵……」

大きな花束を供えたオーガストは、墓前に黙祷を捧げたのち思わぬことを告白し始めた。

「彼女との結婚を決めたとき、結婚はするけれど、彼女を愛することは絶対にないと言ってしまった」

それは、胸の隅にずっとあった後悔だった。なぜオーガストはそんなことを言ってしまったのか、想像するのは難しくない。孤独を埋める存在だった異母弟が、夫人によって奪われたような気持ちになったからだろう。どれだけ合理性を見出そうとしても、割り切れない感情はある。それが、愛せないと言いきることに繫がってしまった。そのことに、オーガストは罪悪感を抱き続けてきた。

「女性としては愛せなくても、家族としてなら愛情を育めたかもしれないのに、その未来を最初から否定してしまった。妻の素行も、そのせいだったかもしれない。子供たちと向き合わなかったのも、俺が子供たちを家族として大切に扱うのに、彼女だけ一人つまはじきにされた気分にさせたのだと今ならわかる。俺は結婚によって子供たちや彼女を助けたつもりでいたが、実際には彼女を孤独に追いやっていただけだった」

自身を俺と呼んだオーガストが、抱え続けた自責の念を吐き出す姿に、胸が絞めつけられた。

「亡くなった日も、彼女が一人で出かけた夜だった。俺が同伴を断るから、いつも一人きりで外出する羽目になった。彼女を危険に晒《さら》したのも、突き詰めれば俺だった」

うまくいくはずのない結婚だったのは明白だ。しかしそれは、オーガストだけのせいではないと仁は思う。けれどオーガスト本人は、自分を責めて、責め続ける。

「結婚すると決めたのだから、夫に徹するべきだった。それができていたなら、彼女ももしかすると子供たちをもっと愛したかもしれない」

最後まで名目だけの夫だったことを、深く後悔する姿は悲痛で、十八歳の少年が混乱の中決めた結婚が、どれほど重くのしかかっていたかを物語っていた。

冷たく湿った風が吹いた。と思えば、ぽつぽつと雨が降りだした。

「屋敷に戻りましょう」

さっきまでの明るさが嘘のように、空は雨雲で覆われている。このまま外にいては雨に降られてずぶ濡れになってしまう。立ち上がるよう促すと、オーガストは緩慢な動きで立ち上がり、強まる雨足も気づかないかのように、ゆっくりと歩いた。

屋敷に着いたころには二人ともずぶ濡れになっていた。オーガストは無言のままマイルズとともに部屋へ入り、仁も階下へ着替えに走った。今度はいつものメイド服を着て、一日中相手をできなかった子供たちのところへ急ぐ。

午前中はトーマスと一緒に花畑に行ったという二人は、オーガストのために花束を作ったと言った。夫人の墓前に供えられたあの花束は、子供たちが一生懸命に集めた花だった。

「伯爵はとても喜んでいただろう」

「うん。でも、悲しそうだった」

人形を着替えさせながらローズが俯きがちに言った。父親が自責の念に苛《さいな》まれていたことに、子供たちは気づいていたようだ。

「大人になると、思い出すことも増える。楽しいことも悲しいことも、思い出してしまうんだよ」

毛布と椅子《いす》を使って小屋を作っていたアンドリューが、無言で駆け寄ってきて床に胡坐《あぐら》をかいていた仁の膝《ひざ》に抱きついた。ローズも、我慢できなくなったと言わんばかりの勢いで、もう片方の膝にしがみつく。

「お母様は、どうして死んじゃったの？」

子供たちに伝えられた死因はあやふやだったのだろう。遺体を目にすることもなかったのかもしれない。それでも屋敷に明らかな異変があって、二人とも吸血鬼のことをある程度知ってしまっている。ずっと不安だったのだ。どれほど育児をしなくても、二人にとって夫人は母親だった。

「そのころは屋敷にいなかったから俺は知らないんだ。でも、アンドリューとローズが恋しがっているのと同じだけ、お母様だって天国で二人を恋しがっているよ」

死因は特定した。あとは真犯人を捕まえるだけだ。真実を伝えるのは、二人が成長したころになるだろう。それまでも、それからも、二人には母親を愛していてほしい。家族を恨む虚《むな》しさを、仁はよく知っているから。

「天国できっと喜んでいるよ。二人が元気で、明るくて、良い子だから、誇らしく思っているはずだ」

仁ですらそう感じるのだから、実の母はもっと喜んでいるはず。自信を持って言えば、二人は顔を上げて笑った。


子供たちをベッドに寝かせ、いつものように短い蠟燭《ろうそく》に火を灯《とも》し、おやすみの挨拶《あいさつ》をして廊下に出ると、マイルズが待ち構えていた。

「ご主人様がお呼びです。寝室にいらっしゃいます」

墓前の告白のあと、ずいぶん落ち込んでいるようだった。メイド仕事で手いっぱいで、声をかける隙《すき》もなかったから心配していたところだ。

「わかりました」

先に休むと言って、マイルズは階下へ消えた。仁は蠟燭を頼りにオーガストの寝室へ向かう。

廊下の奥を曲がってすぐの寝室は、掃除とシーツの交換で入っているから、部屋がとても広いことや、応接セットのような椅子とテーブルまであるのを知っている。

ノックをして返事を待たずに部屋に入った。呼ばれているのだから、入っていっても驚かれることはない。

「疲れているところに悪いが、一杯付き合ってくれないか」

「もちろん、いいですよ」

十一月になって、夜は寒くなってきた。暖炉のそばにクッションを置いて、二人で床に座り、ブランデーで乾杯をする。屋内でも靴を履くオーガストが床に座って寛《くつろ》ぐのは意外だったが、毛布を敷いてそこに足を投げ出す姿を見ていると、案外よくあることなのかもしれないと思えた。

「子供たちの様子は？　変わったことはないか」

「今日は人の出入りがあったから、気になってたみたいですけど、大丈夫です。伯爵に愛されていることをよくわかっているから」

不安になっても立ち直れるのは、愛されているという確信があるからだ。笑顔で応《こた》えると、オーガストは苦笑する。

「優しいことを言ってくれるんだな」

グラスを揺らし、飲まずに置いたオーガストは、夫人とのことをまだ気に病んでいた。

「さっきも弱音を吐いたばかりだが、寛容なジーン、もう少しだけ聞いてくれるか」

心許《こころもと》ない微笑に頷いて返すと、オーガストは肺の中の空気を吐ききるように息を吐いて、覚悟を決めた表情で口を開いた。

「生まれてこのかた、女性に興味を覚えたことがなかった。年ごろになって周囲が女性の話をし始めても、なんの興味も湧《わ》かなくて、やっと自分が背徳者なのだと気づいた」

背徳者、つまりオーガストは同性愛者だった。亡き夫人になぜ絶対に愛さないと言ってしまったのかも、この告白でより明確になった。

「そんなとき、男友達から女性をあてがわれそうになった。いつか初夜を迎えたときに恥をかかないように、男は経験を積んでおくべきだと。その日はなんとか誤魔化《ごまか》したけれど、今でもベッドに誘われる気色悪さを覚えている」

多感な時期に性指向のことだけでも悩んだはずなのに、逆行する行為をけしかけられたとは、どれほど苦痛だったことだろう。オーガストの悲痛な表情が、その苦しみを物語っていた。

「妻とのあいだに子を成せない男は男失格だ。いつか自分も女性と行為に及ばねばならないと考えるほど、苦しくなった。情けなくて、けれどどれほど女性に慣れようとしても、どうしても身体《からだ》が拒否した」

伯爵家の長男として、必死に適応しようとした。そう吐露する唇は、震えているように見えた。

「伯爵の使命の一つは跡継ぎを残すことだ。けれど、女性に触れられない自分には結婚を考えるだけでも苦痛だった。伯爵位を継いだとき、一番の絶望は結婚だったほどだ。そんなとき、異母弟と妻のことが起こって、消えた異母弟の代わりに妻と結婚することを考えた。子供たちが少しでも良い環境で育ってほしいという気持ちは本物だった。けれどもう一方で、俺は自分を守るために彼女を利用したのだよ」

罪深いと言った真の理由は、ここにあったのだ。父親の不貞と名誉、異母弟の存在、そして亡き夫人の未婚の妊娠。複雑に絡み合った歪《いびつ》な結婚には、もう一つの秘密があった。その秘密はオーガストの嗜好《しこう》を隠すため。けれど、それはこの複雑な結婚において最悪の利害ではないと思う。それに、結局は双方の同意があって成り立った婚姻だ。オーガストが自分一人を責め続ける必要はない。

「結婚が妥協とか利害の結果だったとしても、そこから良い風を呼び込もうとするかどうかは、夫人だって努力できたことだと思うんです。だから、伯爵は自分ばかり責めないでください」

亡き夫人は、女性として愛されないと知っていても、人として好かれる努力はある程度できたはずだ。オーガストが夫人に対し、どんな態度をとっていたかは知らないけれど、人の良さを蔑《さげす》むようなことは絶対にしないはずだし、好感を抱くきっかけがあったなら否定しなかったはずだ。

「庇《かば》ってくれるんだな」

「伯爵は、自分に厳しすぎると思います」

正直に言いきると、オーガストはふっと仕方なさそうに笑って、顔を上げた。

「ジーンは本当に寛容だ」

脚を引き寄せ胡坐をかき、仁のほうへ身体を向けたオーガストは、両手をそっと差し出す。

「いつか、この惨状を打開する奇跡を願ったと言っただろう。けれど、背徳者の俺に神の救いが与えられるなんて、あり得ないことだと疑わなかった。けれどこうしてジーンは俺の前に現れて、暗闇から連れ出してくれている。子供たちのために遣わされたのかもしれないけれど、俺にとってジーンは神の救いだ」

仁の両手をそっと握ったオーガストは、手の甲にくちづけた。慈しむようなくちづけは、真摯《しんし》な、心からの謝意だった。

「俺の嗜好を知っても、走って逃げ出さないでくれたことにも感謝している」

手を離し、そう言ったオーガストは、本当に安堵していた。もしかすると、打ち明けたのは仁が初めてだったのかもしれない。

「好きになったひとが好きでいいと思ってますから」

自分の生活を成り立たせるだけで精一杯で、恋愛なんて興味を持つ暇もないままだった。けれど、心の中では常に、恋愛は必ず男女のあいだに起こるわけではないという意識があった。愛情というものに縁遠い人生だったからだろうか、誰かを愛せるなら異性でも同性でも、それだけで素晴らしいと心の底から思う。

「驚きが尽きないな、ジーンは。よければ、君のことも教えてくれないか」

オーガストは仁にすべてをさらけ出した。期待に応えたいのは山々だが、話せることがないのだ。

「話して面白いことなんてないですよ。貧しい育ちで、家族も離散して後々両親ともくたばって。ろくな生活をしてこなかったから」

子供のころは振り返るのも嫌になるくらい荒《すさ》んだ生活をしていたから、人に話しても暗い気分にさせるだけ。貧民街の子供を連想したのか、オーガストは子供時代についてはそれ以上訊ねなかった。

「だが、ジーンと話していると、教養があるのがよくわかる。幼いころの生活が貧しかったとしても、探偵業も合わせて努力を重ねてきたのではないか」

型破りの粗野なメイドという自覚があったから、教養がある印象を与えていたとは思わなかった。しかしよく考えると、この時代は庶民や特に貧しい子が学校に通っている様子はなく、日本の義務教育から公務員試験に受かるまで勉強した仁は、成人としても教養がある部類に入るのだろう。

オーガストはすっかり期待している様子だ。重大な秘密を打ち明けてくれたから、少しくらいは自分のことも話そうと思えた。

「ガキのころ、悪さを考えていたときに、止めてくれた人がいたんです。その人のおかげで今の俺があるといっても過言ではない。その人は、悪さをするほうが、善行よりはるかに簡単に見えるけれど、一度落ちたら人間は上には戻れないことを教えてくれたんです。だから今からでも上を目指すか、最低でも落ちることだけはやめておけって」

警察官を目指すきっかけとなった、ある刑事との出会いだった。崩壊した家庭には食事も金も、秩序もなく、空腹に耐えかねてコンビニで万引きをしようと考えた。最悪捕まっても少年院のほうがましな生活ができると考えるほどには悲惨な生活を送っていたからだ。

しかし、そこに私服警官がいた。生活安全課のベテラン刑事からすれば、見ただけで仁の魂胆がわかったのだろう。店の入り口ですれ違いざま、「おい少年、このパンやるからこっち来いよ」と声をかけられた。盗むより簡単そうだったから、パンを一つ受け取り黙って食べると、「何歳だ」と訊かれ「十四」とだけ答えた。すると、「あと二年で自分のために働けるようになる。それまでなんとか頑張れ。腐った大人のために悪事に手を染めるな」と言って、名刺をくれた。その名刺には県警や所属部署、そして刑事のフルネームがあった。

ベテラン刑事は、反抗期の非行少年とのコミュニケーションに慣れていた。だから端的に、自立できる年齢になれば、自分の人生を歩めると教えてくれたのだ。恩着せがましさもなく、見下ろすわけでもない。けれど、仁の中に眠る良心を信じていると、強い視線で訴えていた。ベテラン刑事はパンをもう二つと、ポケットの中の小銭一摑みを恵んでくれて、そのまま去っていった。

数分のできごとだった。その数分で、あの刑事は本気で青少年を守る正義のおじさんだと、意識に深く刻まれた。助けてくれようとする人がいる。声をかけてくれた、まともな大人がいる。それが無性に嬉しくて、仁の腐りかけていた心を一気に浄化してくれた。

「その人に感化されて、必死で勉強したんです。その人はこの街でいう治安巡査をやっていたから、俺もそんなふうになりたいと思って」

正義のおじさんとの出会いから、仁は人が変わったかのように勉強に精を出した。そのときすでに中学生活も後半戦、遅れを取り戻すところから始め、卒業前の受験では地域でも平均よりやや下の公立校を受けた。無事に受かってからは、バイトと勉強にひたすら打ち込んだ。両親を相次いで亡くしたのはこのころだが、悲しみよりも自分の人生を阻害されなくなったことにせいせいしたくらいだった。そして、高校で上位の成績を出すまでに至った。自信をつけた仁は、淡い夢だった警察官への道を真の目標に置き、ひたすら勉強をした。

そして、高校卒業後、最初の公務員試験に通ったときは、大事にとっておいた正義のおじさんの名刺に両手を合わせて拝んだものだ。

「それで、探偵業を始めたのか」

「まあ、そんな感じです」

警察学校を終え、いざ交番勤務になったとき、正義のおじさん、もといベテラン刑事のところへ挨拶に行った。覚えていないと思うけれど、自分はあなたに触発されて警官になったと伝えに行ったのだ。すると大ベテランになっていた刑事は、涙を浮かべそうな勢いで喜んでくれた。実はこの刑事は、仏の愛称があるくらい、人情派で知られた人だった。しかし、街中で声をかけるどころか、補導後にどれほど親身になっても、仁のように警察官になった者は誰一人いなかったと。だから、長年の巣である生活安全課のみんなに仁を紹介してまわった。期待の星だと、それは嬉しそうにしていた。

それから数か月のうちに、仏の大ベテランは定年退職した。退職後は、警備員などはせず、地域のボランティアをしていたそうだ。そして、在職中は控えていた、大好きな酒を飲みすぎた夜、幸せそうに眠ったまま起きなかった。葬儀で夫人が、長生きではないけれど大往生だと言っていたのが、いつまでも忘れられない。

「その人はもう亡くなってしまって。でも恩返しはできたから、前にいた街を離れても悔いはないんです。ここでは、サイモンがうまい飯を食べさせてくれるし、子供たちは天使みたいに可愛《かわい》いし、充実した生活ですよ」

警察官だった人生に未練がないと言えば嘘になる。けれど、ジーンとしての新しい人生も、人との出逢《であ》いに恵まれた、良いものになるという確信がある。

「スカートを穿《は》いて働くのは予想外だったけど」

しんみりしてしまったのを隠すよう冗談を言えば、オーガストも声を上げて笑った。

「ジーンはとてもうまく着こなしている。メイドとしても頼りになる」

自然に笑ったオーガストは、残っていたブランデーを飲み干し、仁にもそうするよう視線で勧める。

「疲れているはずなのに、遅くまで引き止めてすまなかった」

「嫌なら嫌だって言いますよ」

相変わらず良い匂《にお》いのブランデーをわざとらしく飲み干すと、安堵の笑みを浮かべたオーガストがなぜか、いたずらを思いついたような顔をした。

「甘えついでに、俺のことも寝かしつけてくれるか」

イメージとは真逆の幼稚な冗談に、思わず大笑いをしてしまった。

「大きな子供だ。二十、何歳ですか」

「二十五だ」

「二十五歳児さん、寝る時間ですよ」

冗談に便乗すれば、二十五歳児はいつになく楽しげに笑い声を上げた。掛け布団を大げさに捲《めく》って、ベッドに入るよう促せば、大きな子供は笑いながら自分でガウンを脱いで、素直にベッドに入った。

「ありがとう、ジーン」

布団をかけてやると、さっきまでの冗談とは打って変わって、真摯な視線で見つめられていた。

「初めて、正直になれた」

枕《まくら》に頭を預けて、リラックスした表情が、一人で抱えてきたことがどれほど辛《つら》かったかを知らせる。背徳とされる嗜好を、知っているのは仁だけ。せめて自分の前でだけでも、オーガストには自身に正直でいてほしい。見つめ返すと、オーガストはそっと手を伸ばした。

「もしこのまま頬《ほお》を撫《な》でたら、ジーンは走って逃げていくか」

オーガストが彼の指向に正直でいる。すなわち、自分も興味の対象になる。それを知っていても、逃げようと思うどころか、このままそばにいたいと感じた。

「いいえ」

感じるまま答えれば、指先まで整った手が頬を包んだ。自分を見つめる視線には、今まで誰からも向けられたことのない熱が籠《こも》っている。

「名前を呼んでくれ」

指の腹で頬を撫でて、指の背でもう一度撫でて。オーガストが求めていることが、なぜか手に取るようにわかって、直感的に、自分も応えたいと思った。

「おやすみ、オーガスト」

子供たちにかけるような慈愛の言葉を、囁《ささや》くように言いながら、オーガストの額を撫でた。そして、子供なら額に落とすくちづけを、額より下へと落としていく。

唇を寄せると、背中に手が添えられるのを感じた。そして吐息が触れる距離まで近づくと、背を抱く手に力がこめられ、どちらからともなく唇を重ねた。

唇を離すと、途端に羞恥心《しゅうちしん》が襲ってきた。いたたまれず、忙《せわ》しなく瞬《まばた》きをする仁の背中を、オーガストが撫でる。

「明日の朝もジーンの笑顔を見られるだろうか」

我に返って逃げ出すとでも危惧《きぐ》しているのか、不安げに訊ねられ、仁は思わず額にキスをした。

「もちろん」

笑顔で答えると、背中から手が離れた。

「おやすみ、オーガスト」

もう一度名前を呼ぶと、オーガストは穏やかに微笑んで、目を閉じた。

（ちょっと待て。俺は一体何をした？）

自室の扉を後ろ手に閉めた瞬間、頭を抱えて蹲《うずくま》った。階下に下りてくるまで冷静だったのに、今になって心臓がバクバク音を立てている。否、冷静だったのではない。脳内処理が追いつかなくて、思考停止していただけだ。

オーガストとキスをした。むしろ自分のほうからキスを仕掛けた。磁石に鉄が引き寄せられるような引力を感じて、自然と唇を重ねる。そういう空気に包まれていたのだ。

（そういう空気ってなんだよ）

転生前の仁は、ネット社会でいう魔法使いだった。

警察官になりたくて、思春期を勉強とバイトのみに費やした。警察官になってからも、貯金も頼れる家族もないところから始めたから、生活基盤を安定させるので精一杯だった。私服警官になってからは日付を跨《また》いだ残業なんてざらだったから恋愛している暇がなかった。なにより、育った家庭環境のせいで結婚や自分の家庭を持つことに夢を見ることがなく、その前段階にあるはずの恋愛にも、意識が向くことがなかった。

だから、これが初めてのキスだ。相手は自分の雇い主で、高貴な家柄の、しかも当主本人。それだけではない。二か月前に妻を亡くしたばかりの、双子の父親だ。

己をくちづけに駆り立てた胸の中の感情を、どうすればいいのかわからない。愛がなかったとはいえ、オーガストが配偶者を亡くしてそう時間は経っていない。しかも子供のいるひとと、浮ついた行動に及んでよかったのか。それとも、出逢ってしまったら、感情の前にはなす術《すべ》ないものなのだろうか。

（人間ってのは、弱ってるときに相談した相手に気を許すもんだよな）

胸の中の独り言が、不安を呼ぶ。

手近な若い男だから、なんて浅はかな理由でキスをするような男ではない。オーガストは、結婚にあたっては大胆な決断に至ったけれど、誠実だ。しかし、想像もしたことがなかっただろう困難にぶち当たり、諦《あきら》めていた救いの手が現れたとなれば、実際よりもよほど良い相手が現れたと錯覚してもおかしくない。

「どうすりゃいいんだよ」

自分の感情だって持て余している。オーガストは人間として魅力的だ。初めて会ったときの、あの無表情ですら端整だと思った。内面を知っていくと、そこにも魅力があって、子供たちを愛し、大切にする姿勢は言わずもがな。特権を理解した高潔な精神も。そしてなにより好感を抱いたのは、伯爵の衣を脱いだオーガストは、冗談も皮肉も言う、普通の青年であること。

好きになっていたのだ、いつの間にか。初めてキスをしてしまうくらい、好きになっていた。

明朝、どんな顔をしてオーガストに挨拶をすればいいのかわからない。意識して当然なのか、何事もないように振る舞えばいいのか。

「恋愛とか、一生関係ないかもしれないと思ってたんだよ……」

少しくらい経験があれば、こんなに狼狽《うろた》えることもなかったのに。まるで思春期の少年ではないか。

（若い見た目は、恋愛経験値が反映された結果だったりしてな）

そんなことを逡巡しつつ、朝になれば答えが出ていることを願って就寝したが、翌朝起きても何も変わっていなかった。

上階に朝食を運び、配膳《はいぜん》台に並べたところで食堂にオーガストが入ってきた。子供たちを呼びにいってマイルズはいない。

目が合うと、オーガストは爽《さわ》やかに「おはよう」と微笑んだ。今まで見たなかで一番柔らかい笑みだったから、思わず微笑んで返した。

「おはよう、オーガスト」

くちづけをしたときと同じ感情が胸に広がる。幾重にも殻を被《かぶ》っていた心が、自分に向かって開かれる愉悦と、自分の心も自然と開く快さ。悩む必要なんてなかった。感覚のすべてが、この感情に素直になりたいと訴えている。

「今朝も笑顔が見られてよかった」

そう囁いたオーガストの微笑はどう見たって幸せそうで、喜びと気恥ずかしさに胸が温かくなった。

この感情が生まれたタイミングは完璧《かんぺき》でないかもしれない。けれど、オーガストも仁も、心の隅では幸せを求めていた。肩書きや立場に関係なく、誰だって目の前に幸せへの道が現れれば摑もうとする。

ただ、今はこれ以上を求めることはできない。抱いた好意は、気負うことなく相手に伝えられるようになるまで、大切に温めておけばいい。

そのためにも、吸血鬼騒動は絶対に解決しなければ。胸の中で決意を新たにしたとき、食堂に元気な声が響いた。

「おはよう、ジーン」

勢いよく扉が開いて、アンドリューが入ってきた。あとからローズもついて入ってきて、ただならぬ気配を察したのか仁とオーガストのあいだで視線を往復させる。

「おはよう、二人とも」

誤魔化すような笑顔で応え、子供たちに席に着くよう促した。マイルズも入ってきて、オーガストに着席を勧める。仁の用事は済んでいるから、気恥ずかしさを隠したくて少々速足で食堂を出た。

朝の洗濯や掃除がちょうど終わったころ、治安巡査のリーダーがやってきた。大慌てで着替え、オーガストとともに昨日と同じ居間で対応すると、嬉しい依頼をされた。

「夫人殺害の真犯人を逮捕するために、捜査に協力してください」

もとよりそのつもりだったが、こうして依頼してもらえると動きやすい。オーガストの口添えで捜査に混ぜてもらうよりもコミュニケーションがとりやすいはずだ。

「もちろんです。俺はしばらくこの屋敷にいて、頻繁に外出するわけにはいかないから、巡査たちに調査してもらいたいことを表にして渡します」

伯爵家の汚名を晴らすのは最優先事項ではあるものの、子供たちの世話も最重要任務だ。自分のために作成しておいた、必要な情報のリストを見せると、巡査は食い入るように読んでいた。

「男爵邸の調理人のクリフが、要注意人物ということですね」

「今のところは。俺が仕入れた限られた情報からだと、クリフという男が一番怪しい」

「わかりました」

「くれぐれも本人には気づかれないよう、注意してください。一番良いのは、男爵邸の使用人に内通者を作ることです。以前伯爵邸で勤めていた使用人が何人か、男爵邸に移ってますす。待遇が悪くなっているようで、ほとんどが本音では伯爵邸に戻りたいと思っているはず。きっと協力してくれます」

自分でも調べにいくつもりだが、普段から街中で警邏《けいら》をしている巡査たちが動いてくれれば助かる。

「時間がかかっても、他の使用人やクリフ、男爵一家にも気づかれない内通者を作ってください。早さより質が命です」

「わかりました」

巡査たちには悪いが、成功率には疑問が残る。警察学校を修了した二十一世紀の新人警察官でも、捜査の役に立つようになるまでには時間がかかる。治安巡査たちは、捜査らしい捜査をしたことも、見たこともないのだ。しかし、頼らざるを得ないのも現状で、頼るからには持てる知恵を惜しみなく分け与えるしかない。

内通者作りに失敗しても、男爵やクリフには絶対に気づかれないようもう一度念を押して、その日の相談は終わった。

ソファに座ったまま、巡査たちが座っていた椅子をぼうっと眺めながら二人で同時に一段落の溜め息をついた。そして同時に息を吐き終えると、どちらからともなく目を合わせた。

「今日はジーンの判断力と決断の速さに驚かされた。毎日驚かされているな」

自分と子供たちに汚名を被せ、夫人を奪った犯人捜しをしているのだから、心中は穏やかではないだろうに、オーガストは前向きな笑顔をたたえた。

「これくらいしか、自信を持ってできることがないから」

照れてしまい、自虐的に答えてしまった。しかしオーガストは、穏やかに笑む。

「子供たちは、ジーンにとても懐いている。見ていると微笑ましい。以前のメイドやガバネスにも懐いてはいたが、ジーンには何か特別なものを感じている気がする」

自分に子供がいたら、きっとこんなに愛《いと》おしいのだろう。双子と一緒に時間を過ごすほど、そう感じるようになっている。もし子供たちも特別に感じてくれているなら、こんなに嬉しいことはない。

「ちょっと雑なくらいがちょうどよかったんですかね」

繊細さに欠けている自覚はあるので、照れ隠しにそんなことを言えば、「そうかもしれない」と笑顔が返ってきた。

「ジーンは、光をもたらしてくれた。子供たちにも、俺にも」

そっとくすぐるように耳元に触れられ、そこが熱くなっていくのを感じた。手が届くぎりぎりの距離にいるオーガストに、何かしたほうがいいのか、それとも何か言えばいいのかわからない。初心《うぶ》すぎる自分が恨めしくなったとき、廊下の向こうから子供たちの声がして、不必要に焦ってしまった。

「邪魔をしてはなりませんよ」

子供たちについているマイルズの声もして、様子が気になって子供たちが来てしまったのがわかった。

「好奇心か心配か、どっちだろうか」

巡査や葬儀屋の出入りが子供たちを不安にさせているのはわかっている。二人で居間を出ると、子供部屋へ帰ろうとしている小さな背中とマイルズが視界に飛び込んだ。

「またお着替えしてる」

振り返ったローズが、おさがりの外出着姿の仁を見て言った。

「ああ。お洒落《しゃれ》だろ」

そんな冗談を言いながら、子供たちを外に連れていった。オーガストはマイルズと書斎に。数日は巡査たちの報告を待つのみだから、仁は子供たちと一日中過ごせるし、オーガストは伯爵として済ませるべき仕事を進められる。

巡査たちが情報を持って戻ってきたのは、それから三日後のことだった。

その日は子供たちと一緒にリースを作っていた。トーマスが揃《そろ》えてくれたヒイラギや松の小枝、まつぼっくりを麻の紐で縛り、クリスマス飾りを作ってみたのだ。仁も初挑戦で、最初はどうなることかと思ったが、トーマスが手伝ってくれて見事なリースがいくつもできあがった。他にも、暖炉の上に飾りを置くのが定番だということで、トーマスの見本を見ながら、仁と双子で精を出した。

「ローズはヒイラギの実が目立っていいな。アンドリューはまつぼっくりが好きなんだな」

子供たちが材料を好きなように並べて、大人が縛っていく。この分担作業がうまくいって、二人の個性が光る飾りがたくさんできた。

「飾りを作るのって楽しいね」

「春になったら花冠を作りたいわ」

子供といえば工作というイメージがあったから、この冬の飾りつけを思いついたのだが、予想以上に喜んでもらえた。二人とも自分たちの頑張りが実り、目を輝かせている。

「さっそく飾りにいこうか」

「「うん」」

この工作のおかげで、子供たちはトーマスにも懐くようになって、屋敷の中のことには関わらないスタンスのトーマスも、二人の愛らしさに頬を緩ませていた。

巡査たちが屋敷に来たのは、一番大きなリースを正面玄関の扉に飾ろうとしていたときのこと。子供たちには夫人の事件についてはまったく話していない。しかし、巡査や葬儀屋の出入りなどに異変を感じているのは確かだ。見慣れない庶民の馬車から降りてきた二人の巡査に、ローズが不安げな顔で仁のスカートを握った。

「こんにちは」

アンドリューは来客に興味津々で、巡査たちは少々面食らった様子ながらも帽子を脱いで挨拶をする。子供でもアンドリューは次の伯爵だ。庶民の巡査たちは頭を下げていた。

「突然失礼します。ウェルトン伯爵とモロイ氏にお会いしたく――」

巡査が喉《のど》を詰まらせたかのようにぎょっとした顔をした。何事かと思えば、ジーン・モロイが目の前のメイドだったことに気づいたからだった。

(散々なタイミングで来てくれたな、まったく)

巡査たちに非はない。が、メイド姿の状態のときに現れてくれなくてもいいのに。

「人手が足りなくて、俺がメイド仕事をやってるんです」

せっかくオーガストが立派な衣装を譲ってくれたり、仕立ててくれたりしたというのに、メイド姿を晒しては、調査士としての信用が揺らぎかねない。

しかし、見られたからにはどうしようもないので、堂々と巡査たちを迎え入れることにする。

「アンドリュー、ローズ、飾りつけの続きはマイルズさんとしてくれ」

マイルズなら仁より的確な場所を選んで飾りつけをするだろう。不満げな子供たちを屋敷の中へと促し、巡査にもついてくるように勧めた。

　来客に気づいていたマイルズが玄関まで来ていたので、双子を任せて巡査たちを応接間に通した。そしてオーガストを呼びにいった仁は駆け足で階下に下り、大至急お茶の用意をする。大きな盆にお茶の一式をのせ、応接間まで運んだ。前回巡査たちが来たときには、マイルズがやってくれたのだけれど、メイド姿を知られた以上は、開き直って仁自ら持って入ってしまえばいい。

　応接間に戻ると、オーガストはもうそこにいた。メイド姿でお茶まで運んできた仁に、一瞬仕方なさそうに苦笑していたけれど、真剣な顔で巡査たちに向き直る。

「吸血鬼疑惑のせいで、屋敷の中はこの有り様だ。子供の世話が上手なジーンに、調査に加えて子守りや家事も任せてしまっている。それも、疑惑が晴れるまでのことだ。真犯人に繋がる情報は得られたか」

　同窓生の調査士のはずなのに、メイドを任せているなんてまったく理に適《かな》っていない。巡査たちは困惑気味だったが、異論を唱えるべきことでもなく、仁がオーガストの隣に座ると、持ってきた情報を読み上げた。

　元伯爵邸の使用人で、現在は男爵邸で働いているというメイドを見つけ、情報を得たという。そのメイドは、男爵邸の話を誰かにしたくて堪らなかった様子で、訊いていないことまで詳細に話したそうだ。

「クリフという男は、やはり怠惰な様子で、しかし給料は滞りなく支払われているようだと。男爵邸の階下に住んでいますが、夜も頻繁に外出するようです。なぜ屋敷を追い出されないのか、他の使用人は不思議がっています」

酒場の酔っ払いが話していたとおりだ。もしやクリフは男爵の弱味を握っているのではないか。そう考えたとき、巡査が裏づけになりそうな情報を知らせた。

「男爵邸について、一つ気になることがあります。三か月ほど前、一人のメイドが失踪《しっそう》したそうです。しかし男爵邸からは失踪の届けが出されておらず、私たちもこのメイドから話を聞くまで知りませんでした」

真っ黒にしか聞こえない新情報だった。住み込みの女性使用人は、夜間の外出や恋愛の禁止など、私生活までも厳格に監視されると、以前マイルズが言っていた。そんな状況で失踪とは、ただごとではない。なのに、男爵邸から失踪の届けが出ていないのはおかしい。

「使用人が突然いなくなったら、伯爵ならどうしますか」

使用人を雇ったことがあるのはオーガストだけだ。雇い主の側からの意見を訊いてみると、もっともな言葉が返ってくる。

「正当な待遇で雇っているなら届け出るだろう。そうでなければ、逃げられて当然と考えて、届け出ないのではないか」

「確かに。やましいってことですね」

　女性の失踪は、夫人が殺害される少し前。クリフが男爵邸に勤めていたころだ。もしクリフがメイドに手をかけたか、失踪の手助けをしたとして、それが男爵の弱みになるとすれば、男爵がそのメイドを煙たがっていて、失踪を喜んでいることを知られてしまったぐらいしか思いつかない。

「クリフは、男爵の弱みを握っている気がするんです。そうじゃないと、男爵邸での仕事ぶりと待遇に説明がつかない。もしかすると、メイドの失踪と関係があるかも」

　うーんと首を捻《ひね》る仁と、仁が何かをはじき出すのを静かに待っているオーガストのあいだで視線を行き来させた巡査は、もう一つ気になることを言う。

「クリフを遠目に確認した一人の巡査が、別の街で手配されていた窃盗犯によく似ていると言うのです。手配書を送ってもらうよう手紙を出しました」

「窃盗犯か。再犯率が高いな」

　殺人は常習的にできるものではないが、窃盗は常習的に繰り返す輩《やから》が非常に多くなる。クリフが常習犯として手配されていても、納得できてしまう。

「手配書が届いたら同一人物か確認をお願いします。あと、失踪したメイドのことを調べてください。そのメイドとクリフの関係と、男爵との関係も」

ロングスカートを穿いていようが、仁の思考力は変わらない。目の当たりにした巡査たちは、しっかりと頷いた。

「わかりました」

一歩ずつ、着実に真相へと近づいている。巡査たちも、まだ形にならない、けれど確かにそこにある達成感を覚えているようだった。

応接間を出たところまで巡査たちを見送った仁は、オーガストが疲れた表情で椅子に座ったままだったことに気づき、小さな罪悪感を覚えた。

「一人で突っ走って、すみませんでした」

解決を急ぐ気持ちが抑えられず、オーガストの精神的負荷について考えることを疎《おろそ》かにしていた。そばに寄って謝ると、そっと手が差し出された。その手を握ると、目の前に立つよう引き寄せられる。

「ジーンの気転には感謝している。ただ、どうしても理解が追いつかないことがあるだけだ。調査が進むほど、妻が殺されなければならなかった理由がわからなくなる」

もう片方の手を差し出したオーガストは、仁の両手を握ると、軽く左右に揺らした。落ち着かない手は、解決への期待と同じくらい膨らんだ不安の表れだ。

「悪党が罪を犯す動機は、良心があるほど理解できないものだと思います」

まっとうに生きている人間ほど、悪事を想像できない。どれだけ防犯が叫ばれようと、善良な市民に先回りして犯罪を防げというのは無理難題だと、仁は常に思っていた。

「そうかもしれないな」

長い息を吐いたオーガストは、仁の手を離すと、スカートを握って仁を引き寄せ、エプロンに額を預けた。

「子供のころ、こうしてメイドの優しさに縋《すが》ったのを覚えている」

腰に手を回し、もう少し強く仁を引き寄せたオーガストは、横を向いて、仁の腹に頬をくっつける。五歳のときに亡くなった母親とは、一緒に過ごせる時間もあまりなかったのだろう。アンドリューとローズのように、支え合う兄弟もいなかったオーガストにとって、甘えられるのはメイドだけだった。木綿のエプロンの肌触りは、懐かしいのかそれとも寂しさを思い出させるのか。栗色の髪を撫でると、オーガストはほっとした様子で目を閉じた。そして、積もった悲しみや苦しみを吐き出すように仁を抱き寄せたまま、しばらく離さなかった。

二日後、子供たちを連れて街に出かけたついでに、治安巡査の詰め所に寄った。マイルズが子供たちを菓子店と雑貨店に連れていくあいだの短い時間だが、サイモン手製のビスケットを持っていくと喜ばれた。

「失踪したメイドは、二十代半ばのサラ・ハイド。近隣の村から出稼ぎにきていました。彼女はどうやら男爵の愛人だったようで、思わせぶりな発言が多かったとか。失踪したのは男爵に捨てられたからだと昔からいる使用人は考えていたそうです。しかし、彼女の実家に訊ねたところ、男爵邸を辞めたことも知らず、帰ってもいないと」

このサラ・ハイドの出身村に親戚《しんせき》がいるという巡査が、丁寧に調べた結果を教えてくれた。愛人が忽然《こつぜん》と姿を消すとは、男爵の周囲は想像以上に不穏だ。

「外に男を作るような自由は女性の使用人にはないはずだから、別の男と駆け落ちなんて可能性はないだろうな。仮に駆け落ちだったとしても、実家に連絡の一つもないのは不自然だ」

失踪ではないと、仁の直感が訴える。つまり、サラ・ハイドは誰かに殺された。

「消されたと考えているんですか」

一番若い巡査が躊躇いがちに訊ねた。仁は静かに頷く。

「クリフがもし何かの理由で手をかけていたら、全体に説明がつくと思う。まず、クリフがメイドを手にかけ、それを知った男爵が黙殺する代わりにクリフを伯爵邸に送り込む。

吸血鬼騒動を起こせば褒美を出すとでも約束したんだろう。何度か起こっていた家畜の失血死がおそらくそれだ。だがクリフが夫人まで手にかけてしまって、男爵は慌てたはずだ。そうすると、口止めと監視のためにクリフを屋敷に留《とど》まらせ、働いてもいないのに給金を払うことに説明がつく」

限られた情報から組み立てた推理だが、言葉にして並べると、自分でも意外なほど真実味を感じた。巡査たちは口を開いて驚愕《きょうがく》している。

「あくまで仮説だから、先入観を持たないようにしてください」

十分あり得ると思っているが、油断は禁物だ。念押しすると、巡査たちはこくこくと首を振った。

「サラ・ハイドの失踪と男爵との関係について、引き続き調査をお願いします」

そろそろ子供たちの買い物が終わるころだ。仁の推理に圧倒された様子の巡査たちとは別れ、詰め所を出た。近くにオーガストのタウンハウスがあるので、その前を通って菓子店のある大通りへ向かうと、大通りの一本手前の筋で、品に欠ける中年の紳士と出くわした。

「ウェルトン伯爵」

笑顔を浮かべたものの、どこか不満足そうな男は、身辺調査の対象であるペイジ男爵だった。背丈は仁と変わらないが、横幅が広くて背が低く見える。

「久しぶりのお出ましではありませんか」

街のことはなんでも知っていると言わんばかりの態度が鼻についた。オーガストの衣装と大差ない質の衣装を着ているはずなのに、下品に見えてしまうのは先入観のせいだけではない。過食でたるんだ顎だったり、だらしない腰回りだったり、高級品泣かせの体型と、仁を頭から足まで値踏みするように見る仕草が、前評判のすべてを肯定していた。

「男爵は、毎日出歩いているのかね」

さぞ暇なのだろうと嫌味で返され、男爵は貼《は》りつけた笑顔を歪《ゆが》める。

「市井の様子を把握するのは貴族の務めですから」

「君の言う市井は、大通りとその周辺のことであろう」

これは嫌味ではなく、裕福な者が多く集まる一角しか知らないくせに、貴族を語るなという戒告だった。

好きか嫌いかで言えば嫌いといった具合で話していたが、オーガストはペイジ男爵を完全に嫌悪している。おそらく吸血鬼騒動より以前から、二人のあいだのやりとりはこうだったのだろう。吸血鬼騒動を示唆した疑いも、この男爵なら合点がいく。

「友人を訪ねるところでしたので、これで失礼いたします」

意趣返しのつもりか、まるでオーガストには友人がいないような言い方をした男爵は、わざとらしく頭を下げて去っていった。しかし、弛《ゆる》んだ後ろ姿は、伯爵の威厳に完敗して、尻尾《しっぽ》を巻いて逃げているようにしか見えなかった。

「想像どおりでした」

「どうすればあれほど品性のない人間になれるのか、不思議で仕方がない」

「初めて話したときからあんな感じだったんですか」

「よく覚えていないが、パブリックスクールに入る以前に何度か話した気がする。父が毛嫌いしていたのは覚えている」

肖像画の中の先代伯爵は、まさに厳格な由緒正しい貴族という容貌《ようぼう》だった。愛人と婚外子をもうけているところが、その印象に大きな傷をつけているけれど、ペイジ男爵とまったく気が合わなかったのは容易に想像がついた。

「権力者の社会に入ろうとする元庶民は、やっぱり歓迎されないものなんですか」

ちょっと意地悪な質問ではあるが、過去のやりとりがどんなだったにしても、オーガストの男爵に対する態度に棘《とげ》があったのは否めない。

「貴族社会は、他者を見下すために存在しているのではない。それを理解できない限りは歓迎されないだろう」

「そりゃそうですよね」

根本的に人間の格と質が違うということか。オーガストが男爵に歩み寄ることは絶対にあり得ないし、あの様子だと男爵がなぜ本物の貴族の仲間入りができないのかを顧みるのは望み薄だ。そして、その品のなさが、品性の欠如にも繋がっているように感じた。

「男爵が黒幕だったとして、解せないのは、なぜ吸血鬼騒動を仕掛けようと考えたかだ」

苛立《いらだ》ちを露《あら》わにしたオーガストに、仁は推測している動機を話す。

「伝統は買えないからだと思います。執事とかの上級使用人だけでなく、経験豊富な使用人を集められれば屋敷内の質が全体的に上がっていく。伯爵家の使用人を奪うための強硬手段だったと考えれば辻褄《つじつま》も合う。そのうえ評判も落とせるのだから、伯爵を目の上のたんこぶとでも勘違いしている様子の男爵にとっては旨《うま》みのある話でしょう」

オーガストは納得がいかない表情のまま。当然だ。仁の推測が当たっていれば、ただの過激な八つ当たりなのだから。

大通りに出た。コートを着た人が増えて、本格的な寒さの到来を感じさせる。

「サラ・ハイドは、姿を消しただけで、どこかで元気に生きていればいいけれど」

仁がぽつりとこぼしたのに、オーガストは小さく頷いた。しかし、仁の推理と逆行した願いは、叶《かな》わなかった。

数日後、森の中で女性の遺体が見つかった。すでに白骨化して身元はわからなかったが、遺体が履いていた靴がサラの出身村の靴職人が作ったものだったことと、およその身長が同じことから、サラであると確定された。この事実は、サラの家族には知らされたが、ペイジ男爵邸には知らされなかった。

三人の巡査が屋敷に来て、サラ・ハイドの遺体発見について報告をしてくれた。その場で仁は、一度組み立てた、二つの殺人はクリフによるものという推理をもとに、全容解明へと大きく踏み出そうとした。

「クリフの自供をとりたいと思ってます」

サイモンの証言で、クリフが夫人の刺創と合致するだろうナイフを持っていたことがわかった。吸血鬼騒動の地は固まったがしかし、男爵に送り込まれた動機であるはずのサラ・ハイドの件は証拠が集められない。残された手段は、自供を引き出すこと。過去の判例は読んだが、証拠として自供や目撃証言は単体でも有効だ。指紋もルミノール反応もDNA鑑定もなく、街や家々には監視カメラもない。物的証拠を出すのは困難だから、証言だけが頼りになりがちなのだろう。

「どのようにして自供させるのだ。質問をして素直に答えるはずもないだろう」

オーガストの指摘は当然だが、仁には考えがある。

「クリフがよく行く酒場を張って、盗みの勧誘をします。伯爵のタウンハウスを使わせてもらって、わざとそこに誘い出すんです」

筋書きはこうだ。まず酒場で酔ったふりをしてクリフに話しかけ、留守が続いている屋敷から高価な品を盗もうとけしかける。話に乗ってくれれば一緒にタウンハウスに入って、そこで尋問をする。ひっかからなければ、クリフが単独もしくは仲間を連れて現れることに望みをかける。巡査たちにもタウンハウスで待機してもらっておけば、有力な供述がなくても侵入の罪で逮捕が叶う。

「巡査が以前住んでいた街で、クリフとよく似た男が窃盗で手配されていたんでしょう。それがクリフだったと仮定した上での作戦です。窃盗犯の再犯率は、犯罪としての手軽さを差し引いてもかなり高い」

失敗しても、無駄骨にはなるが、痛手ではない。

二人の巡査にタウンハウスで待機してもらい、クリフが酒場に現れ次第、窃盗に誘い出す。悪知恵が働く男なら、酒を飲まずに盗みに入り、最大限の成果を上げようとするだろう。仁が作戦を表にして見せると、巡査たちはそれぞれ持ち場を決めて、街に戻っていった。

翌日の午後一時ごろ、伯爵のタウンハウスからそう遠くない治安巡査の詰め所に向かった。

た。クリフが行きつけの酒場に現れるのは決まって午後五時ごろ。二人の巡査とオーガストは四時前にはタウンハウスに入った。勝手口の鍵《かぎ》をわざと開けたままにして、クリフが現れるのをひたすら待つ。

仁は、転生初日に着ていた私服を着て、持っているなかで一番粗末な服を着たもう一人の巡査とともにクリフの行きつけの酒場に入った。時刻は午後四時。クリフの姿はない。二人ともビールとソーセージを頼み、入り口から程近い席で世間話をしながらちまちま食べた。酒は二人ともほとんど飲まないままだったが、大事なのは雰囲気に溶け込むこと。主に巡査の義父母についての愚痴を聞きつつ、待つこと一時間。狙いどおりクリフが現れた。仁たちの横を通り過ぎ、カウンターに座ったクリフは、倦怠感《けんたいかん》を漂わせつつ酒を注文している。

近くの席の酔っ払いの席から空のジョッキを拝借した仁は、まるで自分が飲み干したかのように浮ついた足取りでクリフの横に立った。

「ビールを一杯」

上機嫌な声で注文した。クリフがこちらを気にしている様子はない。ということは、周囲を警戒しているわけではないということ。クリフのビールと仁のビールが同時にカウンターに置かれたのを試合の合図に、仁はクリフに話しかける。

「なんだ、浮かない顔だね。せっかく酒が飲めるっていうのに」

前評判どおり愛想の悪いクリフは、怪訝そうに眉を寄せて、カウンターの向こうに視線を固定してビールをあおった。

「あんた、肝が据わってそうだ。特別に良い話を教えるよ」

酔っ払いの良い話が良かったためしなんてない。そんなリアクションをされたが、クリフは別の席へ移ろうとはしなかった。一応はその良い話を聞くつもりらしい。仁は盗みの勧誘を始める合図を席に留まっていた巡査に送った。巡査はすぐさま立ち上がり、タウンハウスのほうへ作戦が動き出したことを伝えにいく手はずになっている。

「金持ちの屋敷がしばらくほったらかしになっているのを知ってるか」

クリフは一瞬仁に視線を向けた。どうやら盗みの話題だと気づいたようだ。

「あの吸血鬼伯爵の、街の別邸だよ」

声を落として思わせぶりに言えば、クリフは遂に仁のほうへ顔を向ける。

「それがどうしたっていうんだ」

「本邸から使用人が消えたのは有名だが、遂にはこの街の別邸の管理人も逃げちまったって。その管理人がさっき、この店で飲んでたんだが、別邸の中で妙な物音が続いたから、怖くなって慌てて逃げだしたって。けど肝心の扉は鍵を閉め忘れたんだと。鍵を返してから気づいて、でも今さら伯爵に言えないと、さっき酔いに酔って赤の他人の俺に嘆いてやがった」

　声を落としつつも愉快そうに嘘の話に笑ってみせると、クリフは仁を鼻で笑った。この反応に、仁は自分の演技を自賛したくなった。なぜなら、クリフの嫌味な笑いは、旨い話を酔った勢いで盗人に話してしまった大バカ者と言わんばかりだったからだ。さらにクリフがビールを飲もうとしていた手を止めたのを見て、仁はクリフが一人で、もしくは仲間を誘ってタウンハウスに盗みに入ると確信した。

「別邸といったって伯爵のだぞ。きっと金目のものがそこら中にある。なあ、あんた、俺と一緒にひと儲《もう》けしないかい」

　まっすぐ立っていられないほど酔っているふりをした。実はそこまで酔うほど酒を飲んだことはないのだが、交番時代に相手をした数多《あまた》の酔っ払いを思い出し、彼らの愉快で迷惑な姿を再現している。クリフはビールを飲まないまま、小銭をカウンターに置いた。

「残りのビール、あんたにやるよ」

　クリフはそう言って、入ってきたときよりもはっきりした足取りで酒場を出た。仁も酒代をカウンターに置き、すぐさま店を出る。外は頼りない街灯のせいで暗く、クリフの尾行は叶わなかった。しかし、あの様子なら今夜タウンハウスに来る。逆に尾行されないよう警戒しながら、タウンハウスに向かった。もしクリフが先に侵入していたら、待機している巡査たちが確保して、部屋の灯《あか》りをつけることになっている。まだどの窓からも光は漏れ出していない。クリフが現れるのを待つため、勝手口に続く階段が見える場所に隠れた。今夜はずいぶん寒い。息が白くなるほどではないけれど、じっと待つには辛い寒さだ。早く来てほしいなんて願うこと半時ほど、クリフが現れた。黒や濃い灰色の服を着て、俯いて歩く姿からは闇に溶け込もうとしているのがよくわかった。そして、周囲に人がいないのを素早く確認したクリフは、当然のように勝手口へと下りていく。

勝手口は、他のタウンハウスや屋敷の裏口ばかりが面した細い通りにある。どのタウンハウスでも夕食の準備に追われて、この時間帯は通りに人気がない。クリフもある程度わかっていてこの時間に来たのだろう。勝手口に下りていく姿に躊躇いはなかった。

忍び足で勝手口のほうまで急いだ仁は、クリフが扉を開け、一歩中に入った瞬間、階段を駆け下りた。そしてクリフが内開きの扉を後ろ手に閉めようとした瞬間、勢いよく扉に突進して扉ごとクリフを突き飛ばした。

「うわっ」

床につんのめったクリフの腕を背後から摑んだ仁は、腰に携えていた縄で手首を縛った。

「不法侵入で逮捕だ」

真っ暗な階下に仁の声が響いた直後、奥からランプを持った巡査たちが駆け出してくる。タウンハウスの外に光が漏れない物置きや奥まった部屋に隠れていたのだ。

「くっそ！　離せ」

「訊きたいことが山積みなんだよ」

両手を拘束されたまま抵抗をするクリフが、仁を振り返る。さっき酒場で話した酔っ払いだったことに気づくと、嵌められたことを悟って自嘲《じちょう》した。

「ちっ、てめぇ、はめやがったな」

「俺は領主に雇われた調査士で、後ろにいるのは治安巡査だ。鍵が開いていようが、許可なく私有地に侵入するのは違法なんだよ。ここにいる巡査が判事に証言する。逃げられねぇからさっさと観念しろ」

巡査たちとクリフを起き上がらせ、近くの使用人用の食卓の前に座らせた。椅子の背に拘束した手首を結びつけ、足首も椅子の脚に拘束する。

「訊きたいことが山積みだと言ったはずだ。お前も俺とだらだら話したくないだろう。頑張ろうぜ」

肩をきつく揉《も》んで、黙秘の無意味さを知らしめた。今夜中にすべての自供を揃えたい。仁の推理が正しければ、クリフの次はペイジ男爵のところに斬《き》り込まねばならないからだ。

クリフの背後に一人の巡査が立ち、仁が正面に座る。もう一人の巡査は、ランプの明かりを頼りに、聴取内容を書き留めていく。

「さて、クリフ。ペイジ男爵邸で働いているはずだが、一時ウェルトン伯爵邸でも働いていただろう。それ以前はペイジ男爵邸と、貴族の屋敷を行き来している。男爵邸で職があるならなぜウェルトン伯爵邸に職を求めたんだ？」

名前から職歴まで知られていることに、クリフはこれがただの泥棒疑惑で終わらないことに気づいたようだ。薄情そうな薄い唇を力ませて、答えようとしない。

「俺は、使役される側の人間だ。だから、待遇の悪さや主人からの無茶な要望こそ摘発されるべきだと考えている。たとえば、もし今夜お前がこの屋敷に侵入したのが主の指示だったというなら、裁かれるべきは主だ。そう思わないか？」

共感できる身分同士だと苦笑してみせれば、クリフはぴくりと片眉を上げた。

教養が少なく貧しい者を権力者が犯罪に利用するのは容易なはずだ。しかし罪に問われるのは弱者ばかり。その歪みを、使役される側から正していこう。そんな、クリフの視線に立っているようなことを言ったのは、取り調べで重宝されるセオリーの一つだ。

「もう一度訊く。なぜ伯爵邸で勤めるようになったんだ」

ペイジ男爵の差し金であれば、正直にそう白状する。確信を持ってクリフを見つめると、予想どおりの答えが返ってきた。

「男爵に言われたからだ。伯爵邸の評判が下がるように問題を起こしてこいって」

「具体的に何をするかの指示はなかったのか」

「幽霊騒ぎとか、なんでもいいから使用人が辞めたくなるようなことをしろって言われた」

「どんな手段を使ったんだ」

「夜中のうちに鶏とかだちょうの首を刺して、血を抜いて放置した。気味悪がってくれりゃ、なんでもいいと思ってよ。そしたら、何度かやっているうちに誰かが吸血鬼じゃないかって言いだした」

「それで、吸血鬼騒動を広げようと？」

家畜の無惨な姿を晒して使用人を脅かすくらいなら、ただの嫌がらせと捉えられる。しかし、吸血鬼騒動の決定打は夫人だった。これも男爵の指示に入っていたのか。ここが重大な分かれ道だ。

「別に、あんなに大げさにするつもりじゃなかった」

「大げさとは？」

要は、クリフの判断ミスであったということ。否、ミスなんて言葉では済まされない、暴走だったということだ。

「…んだよ、わかってんだろ」

「いや。憶測は憶測にすぎない。ただ、その懐に隠しているナイフは気になるがな」

立ち上がって詰め寄り、クリフの上着の内に手をつっこむと、細長い刃のナイフが出てきた。それは紛れもなく、フィレナイフだ。魚の開きや肉の脂を削《そ》ぐのに重宝されるフィレナイフは、肉を削いだり穴を開けたりするのに向いていて、大きくないが殺傷能力が高い。このフィレナイフは、普段から持ち歩いているか、タウンハウスに入るために、わざと持ってきたはずだ。すなわち、夫人を殺したときも、同じものを持ち歩いていたということ。

「ちなみに言うと、亡くなった夫人は首を絞められていた。歯形とされたものはナイフによる刺創であることも確認済みだ」

取り上げたナイフをテーブルに置き、夫人の首元に残された傷跡を紙に写したものと、傷の大きさを計った結果とともに並べると、「ちっ」と舌打ちしたクリフは、忌々しげに吐き捨てた。

「俺がやった。面倒になって金目の物を盗んで消えようと思ったら、見つかった。考える前に首を絞めてた。夫人だって気づいたのはあとになってからだ」

それほど躊躇いなく人を殺してしまうこの男が野放しになっていた事実が恐ろしい。立っている巡査が肩を震わせたのが見えた。

「それで、一連の吸血鬼騒動に便乗させたと」

「ああ」

咄嗟《とっさ》のカモフラージュは効果てきめんだったということになるが、男爵は殺人まで起こったことを平然と受け止めたのだろうか。

「しかし、もとをたどれば男爵の指示があったからこそ、伯爵邸で働いたんだろう。吸血鬼騒動で伯爵家の評判は落ちた。男爵に褒められたか」

殺人事件を喜ぶ低俗な人間ならば、男爵に余罪があっても不思議でない。クリフの反応を待つと、投げやりな態度で答えた。

「最後にやっちまったって言ったら、自分の指示で伯爵邸に入ったことを他言するなと言われた。今までの倍の給料をやるから、男爵邸に留まれともな」

やはり口封じのための再雇用だったのか。最初に街で見かけたときの違和感は、当たりだったということだ。

「そんなに給料があるなら、今日盗みに入る必要はなかったんじゃないか」

「賭《か》けと酒と女に使ったらあっという間だ」

心底ろくでもないと思わざるを得ない男だ。人を殺して得た金で、平然と遊べてしまうその心理がまったく理解できない。吐き気すら感じさせる悪党を前に、仁はそれでも表情を崩さない。

「なぜ伯爵邸で事件を起こせという指示に従ったんだ？」

今夜の最終目的は、ペイジ男爵がどの程度教唆、共謀したのかと、捜査の過程で浮かび上がった、謎《なぞ》の失踪についてだ。しかし、伯爵邸で騒ぎを起こしたそもそもの理由を、クリフは話そうとしなかった。

「サラ・ハイドという女性に心当たりは？」

クリフが無関係であるはずがない。確信を持ってサラの名を言えば、クリフは大きく舌打ちをした。

「ぜんぶ調べてやがんのか。それなら俺に訊くまでもねぇだろ」

つまりクリフがサラの死に関わっている。自供したも同然なのに悪あがきをするクリフに苛立ちを覚えた。それは、一階で様子をうかがっていたオーガストも同じだった。わざと足音を立てて階段を下りてきたオーガストの端整な容貌は、静かな怒りに翳《かげ》り、クリフを見下ろす視線は刺すように鋭かった。

「貴様が知らなかった場合のために教えておくが、私はウェルトン伯爵だ。この所領の主であり統治者である」

低い声は絶対的な主の存在感に満ちていた。所領を治める貴族はその地の王と同等であり、爵位とともに冠と、その冠を用いた紋章を持っている。

「妻を手にかけた罪人に報復しても、私は罪を問われない。今、貴様を始末してもよいのだ。ここにいる誰も私を止めない」

怒りが滲む声音は、常識も良識も通用しない悪党すら震えさせる迫力だった。仁に対するどこか舐《な》めた態度は完全に消え、クリフは見開いた目を揺らしている。

「貴様はナイフと縄を使ったようだが、私は銃を好む。最近気に入っているのはこの回転式だ」

上着の内から拳銃を取り出したオーガストに、撃つつもりがないことを仁たちは知っている。クリフの取り押さえに失敗した場合の護身用に持っていてもらっただけだが、痺《しび》れを切らして脅しに使ってくるのは予想外だった。

「すべてを話せ、寸分の狂いもなく端的に」

オーガストが銃の金具を触れれば、冷たい音が響いた。背後を振り返れないクリフは、冷や汗をかきながら、口を開く。

「サラ・ハイドも俺がやった。あの時も同じだ。男爵邸の金目の物を盗もうとしていたら、あの女に見られて、口止めしようとして絞め殺しちまった」

背後で黙っているオーガストの気配に圧《お》され、クリフはさらに続ける。

「男爵はなぜか死体を森に隠すのを手伝ってくれた。そのとき、俺がやったことは隠してやるから、その代わりに伯爵邸で騒ぎを起こせと言われた」

クリフになんのメリットもなかったはずの吸血鬼騒動は、クリフ自身の悪行をたてに男爵が指示をした。

この証言が欲しかった。仁は反射的に拳《こぶし》を握る。

「なぜ男爵は遺体の遺棄を手伝ったのか、心当たりはないのか」

「男爵は若い女の使用人に手を出す悪い癖があった。だから男爵邸に若い女は寄りつかない。あのサラって女は、最後まで残ってた若いメイドだ。男爵の愛人にでもなって、いい暮らしがしたかったみたいだぜ」

ただの遊びのはずが、目障りになっていたメイドを、クリフが思わぬ形で排除した。遺棄を手伝うほどだったというなら、サラは男爵の子を身籠《みごも》っていたかもしれない。すべてが一本の線で繋がった。あとは、あの遺体が本当にサラのものか、証拠が必要だ。

「遺体を遺棄した場所を教えろ」

「近くの森の中だ」

クリフの自供は、遺体発見現場と一致した。


「大丈夫ですか、伯爵」

屋敷に戻る馬車の中、オーガストは覇気のない苦笑を浮かべた。

「ああ。妻が亡くなったことに変わりはないから、真相がわかっただけでも良かったと思っている。ただ、人を殺《あや》めて平然とできる人間がいることに、少なからず衝撃を受けている」

自分勝手な欲望のために他者を陥れることも、悪事を止めようとした人を手にかけることも、オーガストにとって想像すらできない悪の所業だ。本物の悪党を前にして、ショックを受けるなというのが無理なこと。そんな、良心を持って生きている人たちを守るために、警察官がいるのだ。

「いるんです。どうやってあそこまで良心を失くせるのかわからないほどの人間というのは。だから、手を尽くして捕まえるんです」

警察官の諸井仁として全うした使命を口にすれば、オーガストははっとした表情をした。

「ジーンの正義感には一点の曇りもないな。家事や子守りをさせているのが申し訳ないくらいだ」

自嘲するように苦く笑ったオーガストは、仁の希望を訊かずにメイド職をあてがったことを、本当に心苦しく感じているようだ。

「そんなことないですよ。子供たちは可愛いし、俺も楽しんでやってます」

最初は戸惑いもあったが、新しいやりがいに出逢った。本心からそう言ったけれど、オーガストはどうしても仁の技量を前に罪悪感を覚えずにはいられないようだ。

「騒動が解決すれば、じき使用人も戻ってくるだろう。そのとき、探偵業に戻りたくなったら遠慮せずに言ってくれ」

まさか戻りたくても戻れない過去だとは知る由もないオーガストは、答えに窮する仁に、少し慌てた様子で付け加える。

「ジーンの正義と知識が無駄になってほしくないと思っただけだ。決して屋敷から出そうとしているわけではない」

必要がなくなったからお払い箱だなんて、オーガストが言うはずもないことはわかっている。安心させるよう微笑んだ仁は、真っ暗な窓の外を見た。

「じっくり考えます」

まずは、吸血鬼騒動を終結させ、伯爵家の汚名を晴らす。そして、裁かれるべき者を法の前へと突き出さねば。

翌朝、朝食後に巡査たちを呼んで、汚名解消への最終作戦を伝えた。クリフの自供が取れれば、実行するつもりで立てていた策だ。

実行は明日、ペイジ男爵邸の舞踏会で。領主の存在を無視して行われる、男爵肝入りの舞踏会で、真実を明らかにする。

翌日、ペイジ男爵邸の舞踏会に向かうため、正装を纏ったオーガストは、眩《まぶ》しいほどに美しい紳士になっていた。仁も正装を着て寝室まで迎えにいくと、あまりの完成度に思わず溜め息をついた。

シルクの黒のテールコートは襟がベルベット地に切り替えられていてとてもお洒落で、あいだに覗《のぞ》く光沢のアイボリーのウエストコートは洗練された印象を加えている。そしてふわりとしたクラバットと高い襟のシャツが清潔感を。すらりと長い脚を強調する細身のズボンと、その先の光沢が出るほど磨かれた靴。整えた栗色の髪が合わされば、誰もが振り返る理想的な紳士の完成というわけだ。オーガストはその美貌もさることながら、バランスのとれた体型に溢《あふ》れんばかりの気品、そして伯爵の威厳と風格が一つになった、まさに絵に描いたような貴公子だ。そこに立っているだけで、空気が輝いてみえるほどの存在感は、あまりにも出来すぎていて、感嘆を通り越して軽口しか思いつかなくなる。

「そりゃ、男爵に恨まれますよ」

街で見かけたペイジ男爵は、お世辞にも恰好《かっこう》の良い紳士と呼べる男ではなかった。反対にオーガストは、貴族の中では上位でないかもしれないけれど、伯爵という高い身分と輝く美貌、若さに教養と、揃いも揃っている。男爵だけにとどまらず、大抵の男性に妬《ねた》まれても不思議ではない。わかりやすい欠点でもない限りは。

「なぜだ。身分は俺にだってどうしようもないのだから、恨まれるなんて筋違いではないか」

「なんかこう、もうちょっと不細工だったり太ってたり、馬鹿っぽかったりとか、人間としての愛嬌《あいきょう》みたいなのが欲しいんですよ、凡人からすると」

そんなことを言われても、と唇を尖《とが》らせたオーガストは、もう一度鏡の中の自分を確認し、仁に向き直った。

「今夜で決着です。伯爵、心の準備はいいですか」

「ああ。子供たちの平穏を奪ったことを後悔させる」

白い手袋を嵌めたオーガストは、完全に臨戦態勢だ。

何よりも大切な子供たちの生活と将来を脅かした男爵と、二人の母親を奪ったクリフに報いを受けさせる。オーガストの決意と覚悟が、鋭い眼差《まなざ》しに込められていた。

「吸血鬼騒動に完全な終止符を打ちましょう」

馬車に乗り、いざ男爵邸へ向かった。舞踏会の招待状は届かないままだったが、開始時間は調べてあって、仁たちは音楽家が中休みをとり、参加者も休憩しつつ話に花を咲かせる頃合いを見計らって男爵邸に入っていく。そこで、吸血鬼の不在と真犯人、男爵の教唆を参加者全員に知らせる算段になっている。クリフだけを捕まえても、男爵を連行するだけでも足りない。広く知れ渡った吸血鬼の噂を消し去るには、真実を大々的に知らせるのが効果的だと踏んだ。男爵に対する仕返しであることは否めない。が、男爵の浅はかな策略は、それほどまでに伯爵家の名に泥を塗り、そして夫人を奪う結果を招いた。

屋敷を出る前、子供たちに早めの就寝の挨拶をした。食事を終えたばかりの子供たちは、正装を纏った仁を見て、不思議そうな顔をした。

「素敵だけど、なんだかおかしいわ」

ファッションにうるさいローズのダメ出しが始まるかと思って身構えた仁だったが、男性の服というだけでなく、上等な正装がイメージに合わないと言いたかったようだ。イメージに合わないといっても、使用人の分際で、というわけではなく、単純にメイドのジーンにはスカートが定着しているということだ。

一方アンドリューは、紳士の装いというだけで目を輝かせている。

「恰好いいよ、ジーン」

「ありがとう」

「舞踏会がどんなところか、明日になったら教えてね、お父様」

「ああ。だがいつかローズが自分で行くときの楽しみにとっておくのも良いかもしれないよ」

今夜の舞踏会は楽しむために行くわけではないから、子供たちに話せることはきっとない。けれど、目を輝かせるローズを失望させないよう、楽しみはとっておくよう咄嗟に言えるオーガストの気転に感心させられた。

「良い子でおやすみ。また明日」

膝をついて二人を一緒に抱きしめたオーガストは、二人の額にキスをした。普段は仁が就寝の世話をしているから、久しぶりに父親にキスをしてもらって、二人はご機嫌でオーガストの頬にくちづける。

「「いってらっしゃい」」

立ち上がる前、オーガストは二人を愛おしげに見つめていた。これから、二人の母を手にかけた罪人と、日常をかき乱した悪党に鉄槌《てっつい》を下しにいく。穏やかな微笑みの奥に、強い意志が漲《みなぎ》っていた。

馬車を走らせること半時ほど。遂に男爵邸に到着した。手段はどうであれ叙爵されるだけはあって、街のはずれに立つ屋敷はずいぶんと立派だった。表にはたくさんの馬車が停《と》まっていて、大勢が招待された華やかな舞踏会が開かれているのが外からでもわかる。

伯爵邸の馬車が車回しに入ったとき、後ろからもう一台馬車が入ってきた。

「約束の時間どおりですね」

「ああ」

巡査たちが乗っているその馬車は護送用だ。使い道はもう決まっている。男爵を捕まえるためだ。

「さあ、行こう」

馬車の扉が外から開かれ、オーガストが先に降りた。馬車の扉には伯爵家の紋章が描かれている。客を迎える男爵家の使用人は、その紋章を知っていたのか、オーガストの顔を確認するなり恐縮した様子で頭を下げていた。

オーガストについて開かれたままの玄関を潜《くぐ》ると、玄関ホールは人でいっぱいだった。着飾った人々の談笑が響き、皆酒も入っているのか、遅れて到着した伯爵に気づく者はなかなか現れなかった。一番に気づいたのは男爵の執事で、慌てた様子で駆け寄ってくる。

「ようこそおいでくださいました、伯爵」

招待状を送っていないことを執事が知らないわけがない。領主を招かなかった無礼を認識しているのだろう、執事はなかなか頭を上げられないでいた。

「男爵に挨拶がしたい。領主の到着を皆に知らせてくれるか」

「かしこまりました」

領主の、とわざわざ言ったところに棘を感じた。オーガストは男爵に憤り、恨んでも当然だ。それでも冷静さを失わず、伯爵の威厳を放っていることに、敬意を抱く以外何ができるというのだろう。執事も完全に萎縮《いしゅく》した様子で、男爵のいるダンスホールへと仁たちを案内する。

「こちらがホールです」

メインホールの入り口に立った執事は、小さく咳払いをして喉を整える。オーガストの斜め後ろに控えている仁は、対峙《たいじ》の瞬間を前に息をひそめた。

「ウェルトン伯爵がご到着されました」

執事の声がホールに響いた。伯爵の名に、ホールにいた全員が勢いよく振り返る。

さっきまでの談笑が嘘のように静まり返ったホールに、オーガストは堂々とした足取りで入っていく。後ろを歩く仁も、伯爵の同伴者として背筋を伸ばした。

「ウェルトン伯爵」

若作りに失敗したような正装を着たペイジ男爵が、人の少ないホールの中ほどへ出てくる。この屋敷の主である威厳を見せようとして必死のようだが、招待状を送るべき領主に無礼を働き、見透かされて伯爵自らが現れたことに焦っているのは明らかだった。正面に立ったオーガストは貴公子を辞書で引いたような風格を放っている。容姿は遺伝とはいえ、姑息《こそく》さが顔に現れている男爵は完全に霞《かす》んでいる。

「伯爵に来ていただけるとは、光栄です」

わざとらしく深々と頭を下げた男爵は、伯爵の腹を探れず完全に狼狽《ろうばい》している。冷や汗が流れる音が聞こえそうなほどに。

ホールを見回したオーガストは、微笑をたたえて男爵に視線を定める。

「盛大な舞踏会ですね、男爵。とても、はでやかだ」

よく響く美声で放たれたのは、完全なる嫌味だった。しかしオーガストの表情は美女を美人だと褒めるくらい自然で、それがさらに言葉の棘を鋭くしている。成り行きを見守る客の中には、嫌味に気づいて笑ってしまったのを扇子で隠す婦人もちらほらいた。

「たくさんの紳士と美しい婦人たちが楽しげに集まっているこのような場に、誘ってもらえなかったのはとても残念だ」

無礼を多数の面前で指摘され、男爵は大慌てで首を振る。

「喪に服されていると思っていましたので」

　苦しい言い訳は虚しく響き、無礼を知った参加者は一様に怪訝な表情になった。

「若い領主が独り身になれば、外に出やすいよう社交の場に誘うのが暗黙の礼儀だ、男爵。貴族の慣習という題名の本があればぜひ読んでみるといい」

　完全に見下した台詞《せりふ》だった。しかし、貴族社会の掟《おきて》を破るほうが、どんな嫌味よりも罪なのだ。オーガストに非難の目を向ける者はいない。むしろ、独身になった若い美貌の伯爵が社交の場に復帰したことで、若い女性たちの興味はオーガストに一点集中している。

　男爵は、自分が主役であるはずの舞踏会を、オーガストに丁寧な言葉でぶち壊されたとでも思っているのだろう。顎の下の弛んだ肉を震わせている。

　だが、その涼しげな表情からは推測不可能なほど、オーガストは憤っている。微笑みを保ちながら、男爵の罪を白日の下に晒す手を止めない。

「誘われてもいないのに来てしまったお詫《わ》びに、贈り物を持ってきた。受け取ってくれ」

　玄関ホールに繋がる出入り口のほうへと差し出されたオーガストの手の先には、三人の巡査に挟まれて、クリフが立っていた。

　クリフの顔を見た瞬間、男爵の顔から血の気が引いた。卒倒しそうなほど真っ青になった男爵に、ホールは騒然とした。

「彼のことは、ご存じだろう、男爵。そう、貴殿の屋敷で長年にわたり調理人をしているクリフだ」

着飾った客で埋まったホールに現れた、見るからに素行の悪そうな男に、ホールはざわついて収まらない。しかし、ものともせずにオーガストは続ける。

「彼は一時期私の屋敷で調理人をしていた。彼が勤めているあいだに、奇妙なことが起こるようになった。ここにいる方々もご存じであろう。吸血鬼の噂だ」

吸血鬼と疑われた本人が吸血鬼の名を出したことで、客は一斉に息をのんだ。ただ一人、クリフのことを知っている男爵を除いて。

「クリフ、君と吸血鬼の噂の関係を教えてくれ」

演説をするように、ホールを見渡すオーガストは、着せられた汚名を晴らすため、真実を話すようクリフを促す。

「男爵に頼まれて伯爵邸の家畜を殺して、吸血鬼をでっちあげた。夫人も同じだ」

殺人の自供に、ホールは完全に静まり返った。客は皆、夫人が吸血鬼に殺されたと信じていたのだ。そして今、真実を知って驚愕している。

「なぜ私の屋敷で騒ぎを起こすことを承諾したのだ」

「俺が男爵邸のメイドを殺したのを見逃すと約束されたからだ」

二つ目の殺人と、男爵による隠蔽《いんぺい》も暴露され、聞いているだけで卒倒しそうな客が何人もいた。それでもオーガストは追及の手を止めない。クリフと男爵だけではない。他者を傷つけるばかりの罪を、絶対に許さないというこの地の主としての信念がそこにあった。

「そのメイドのことは、よく知っていたかい」

「男爵が別れたがっていた愛人だ」

「彼女のご遺体は、どうしたのだ」

「やめろ」

唇を震わせ、自分の罪が晒されるのを止めようとする男爵を、クリフは一瞥《いちべつ》した。

「男爵と一緒に森に隠した」

クリフが言い放った瞬間、男爵の背後で、男爵夫人が小さな悲鳴を上げた。そしてホールから駆け出していったのに続かんばかりに、幾人もがホールの外へと逃げていった。屋敷は騒然として、ホールには混乱が渦巻いている。しかし、オーガストは最後にもう一度、罪の所在を明白にさせる。

「もう一度訊こう。君は私の屋敷で何をしたか」

「男爵に頼まれて、吸血鬼騒ぎを起こした」

クリフは躊躇いなく言いきった。ホールを埋める客は一斉に男爵を睨《にら》みつけ、ウェルトンの主を陥れた不届き者を口々に非難した。

「正直に話してくれてありがとう」

オーガストの礼を合図に、巡査たちがクリフを屋敷の外へと連れていく。クリフを待っているのは牢獄《ろうごく》だ。

客が蜘蛛《くも》の子を蹴散《けち》らすようにホールを去っていく。侮蔑《ぶべつ》の視線に晒され、膝を震わせる男爵は、あろうことかオーガストに殴りかかろうとした。仁は咄嗟にオーガストの前に出て、男爵の腕を掴み、勢いよく男爵の後ろに回って背中から押さえつけた。腕を後ろに引っ張りながら、背後から肩を押さえれば身動きは取れない。

目の前で蹲る恰好になったペイジ男爵を、オーガストは凍るように冷たい目で見下ろす。刺すような軽蔑《けいべつ》の視線に耐えられなくなった男爵は、遂に醜い正体を現した。

「小僧がっ、伯爵家に生まれただけで人を見下しやがって」

唾《つば》を飛ばして罵倒《ばとう》する男爵を、オーガストは何も言わずに見下ろした。刺すほどに冷たい視線で、言葉をかける価値もないというように。

「商人がいなけりゃお前らの贅沢《ぜいたく》は成り立たない。商売もできないくせに、見下すなっ。お前たちが私に跪くべきだっ」

狂ったように叫ぶ男爵は、オーガストだけでなく上位貴族全体に恨みを募らせていた。

だがその的外れな恨みをオーガストに向けたことに正義なんて微塵《みじん》もない。聞くに堪えない罵詈雑言《ばりぞうごん》を喚《わめ》き散らす男爵は、取り押さえた仁にも抵抗しようとする。戻ってきた一人の巡査が仁に加勢して、二人で男爵を完全に押さえつけて手首に縄をかけた。唸《うな》り声を上げる男爵の顔を蹴りそうな距離に立ったオーガストは、これ以上ない侮蔑の目で罪人を見下ろした。

「私は確かにお前を見下している。だが見下しているのは身分ではない。その腐った性分だ。真の貴族は、見守りはしても見下しはしない。貴族社会に見下されたと思っているなら、それが妥当だったからだ」

真の貴族の何たるかを知らしめる言葉に、男爵はただただ醜い唸り声を上げる。だが、図星を突かれているのは誰の目にも明らかだった。そして気高き伯爵は、最後の一振りを浴びせる。

「貴様は、私と妻のみならず、子供たちにまで汚名を着せた。許される日がくると思うな」

オーガストはそう言い放つと、踵《きびす》を返しまっすぐ外へと歩いていく。その背中は、言葉にされなかった憤りに包まれていた。

仁と巡査で男爵を屋敷の外に連れ出し、クリフを連れてきた護送用の馬車に乗せた。あとは警備兵と牢獄に任せることになっている。

クリフと男爵が口論をする声が護送馬車から漏れ出した。巡査たちは一斉に鬱陶《うっとう》しそうな顔をして、御者に今すぐ出発するよう急《せ》かす。そして護送馬車が走り出すと、どっと疲れた表情でそれぞれ大きく溜め息をついていた。

「ご苦労だった。協力に感謝する。謝礼は後日送ろう。今夜はゆっくり休んでくれ」

初めての計画的な捕物を成功させ、伯爵からねぎらわれた巡査たちは、疲れながらも達成感を滲ませて帰っていった。

「とんだ舞踏会でしたね」

主が捕まり、使用人や家族が騒然としている男爵邸を振り返ると、舞踏会のために灯された蠟燭が何百と煌《きら》めいていて、それが余計に虚しく見えた。

「帰ろう。ジーン」

仁の背中にそっと手を添えて、オーガストは馬車へと誘った。無言で馬車に乗り込むと、向かいに座った仁に小さく微笑んで、視線を窓の外へ向ける。そして、外に広がる闇をじっと見続けて、屋敷に着くまで一言も話さなかった。

屋敷に着くと、マイルズが心配そうに待ち構えていた。しかし、変わりなく帰ってきた仁とオーガストを馬車の中に確認すると、長い息を吐いていた。

「おかえりなさいませ、ご主人様」

馬車を降りたオーガストの手袋と上着を受け取るマイルズは、舞踏会の結末を気にしている。オーガストも気づいているはずだが、口元だけ笑んで何も言わなかった。マイルズはそれ以上何も訊かず、主人の入浴と就寝のお世話についていった。

仁は一人で階下に向かった。今夜の役目は果たしたから、このまま休んでも問題ないはずだ。

狂宴のあとの静けさは胸の中に靄《もや》を作り出す。真犯人を吊るし上げようと、かき乱された日々は元に戻らないし、亡くなった人は取り返せない。謂《いわ》れのない恨みを向けられ、家族まで亡くしたオーガストの胸中は、安穏とは程遠いところにある。

だから、馬車の中でも話さなかった。辛いのはいつも被害者だ。奪われたものは返ってこないのに、加害者を許すことを当然視される理不尽にすら晒されてしまう。オーガストは、怒りも悲しみも己の内に抱えてしまうから、今は必死で複雑に絡む感情をひも解いているだろう。そっとしておくのが、今の仁にできる最良だ。

階段を下りると、調理場の大きな暖炉に煌々《こうこう》と火がついていた。ちょうどサイモンが薪《まき》を足していて、テーブルにはトーマスの姿もある。

仁が帰ってきたことに気づいたトーマスは、挨拶の代わりに顎を上げて会釈した。立ち上がったサイモンは、やれやれ、とでも言いたげに腰に手を添えた。

「なんだか見慣れないな」

　仁がなぜ上等な外出着を着て、どこへ行っていたのか、サイモンたちも知っている。それでも、結果を急かそうとせず、自然体で迎えてくれたことに、ひどく安心した。

「せっかくの一張羅だぜ、褒めてくれよ」

　吸血鬼騒動に終止符を打ってきたと言う代わりに、軽快に言ってみせれば、二人ともやれやれ、と溜め息をついた。

「風呂《ふろ》の湯を沸かしておいたから、使え」

　暖炉のそばには、バケツ二杯分の湯が温められていた。トーマスが運んでくれていたらしい。

「ありがとう」

　待っていてくれた階下の仲間たちは、上着を脱いだ仁の肩をねぎらうように叩《たた》いて、自室へと戻っていった。

　用意されていた湯を使って風呂を済ませると、テーブルの上にサイモンのとっておきの酒とグラスが置いてあった。心遣いに感謝しつつ、軽く一杯分注《つ》いだ仁は、暖炉の前の椅子に腰かけた。そして、グラスの酒を一口、口に含む。

舌の上で転がしても、ブランデーのような良い匂いはしなかった。これはウイスキーだ。飲みなれた味に近い気がする。懐かしい気分になって、肩の力が抜けていくのを感じた。

一件落着。決して後味が良い終わりではないけれど、手は尽くした。男爵の姑息な計略は明日にも世間に知れることだろう。早ければ明日中にでも、吸血鬼を恐れて辞めていった使用人が戻ってくるかもしれない。

そうなると、仁の存在は浮いてしまう。ここは男女の役割分担が明確に線引きされている社会だ。応急処置だったから男性のメイドがまかり通っただけで、本物のメイドやガバネスが揃えば、男性の仁がメイドの領域にいるとまとまるものもまとまらなくなる。このまま屋敷で雇ってもらうなら、あのありがたい仕着せを着る従者か、トーマスと一緒に庭仕事だろうか。どちらにしても、子供たちとは距離ができる。あんなに懐いてくれたのに、気兼ねなく話すこともままならないかもしれない。考えるだけで寂しさが募る。

ウイスキーをもう一口飲んで、寂しさを頭の中から追い出した。グラスを揺らし、茶色い酒に反射する暖炉の明かりをぼうっと眺めていると、階段のほうから足音がした。勢いよく振り返ると、そこにはランプを持ったオーガストの姿があった。

「眠れそうになくて、探しにきてしまった。晩酌に付き合ってくれないか」

寝間着の上にガウンを羽織ったオーガストの表情に覇気はない。仁と同じで、疲れているのに頭が冴《さ》えてしまっているのだ。

「俺も眠れなかったんです」

サイモン秘蔵の酒が入ったグラスを揺らしてみせると、オーガストはふっと笑った。

一緒に上階へ行き、主寝室の暖炉の前に毛布を敷いて脚を投げ出した。オーガストはブランデーを、仁は残りのウイスキーを片手に、しばらく揺れる炎を眺めた。

「未《いま》だに、この屋敷で起こったことが信じられない気分だ。いつか、許せる日がくれば、そのときには納得ができるのだろうか」

炎を眺めたまま、力なく呟《つぶや》いたオーガストは、一応の決着を見ても収まらない怒りと憤りを持て余していた。同時に、それを情けなく感じているのがわかる。だが、オーガストはおかしくも、情けなくもない。当然の感情に苛まれているだけだ。

「許すというのは、傷つけられた側が前に進むために、痛みに蓋をすることなんじゃないか。そう考えさせられる事件を、いくつも見てきました。恨み続けるのが辛いから、許したと思い込むことで強引に未来へ歩を進めるんじゃないかって」

仁も暖炉に顔を向けたまま、やり場のない怒りやりきれない思いを抱えた人たちのことを思い出した。

「けれど人間だから、許せないことはあって、それが自然だと俺は思うんです。恨めしい相手のために己を諭すなんて寛大さを、自分に強要しなくていい。大切な人を心から愛し、その他大勢に必要な敬意を払い、憎むべきを憎んでいるのが、人間じゃないかって」

罪人が刑に処されても、溜飲《りゅういん》が下がるだけで寛恕《かんじょ》できるわけではない。仁はそんな人たちこそ正直で、実直に生きているのではないかと考えている。オーガストのほうを向くと、すぐに視線が絡んだ。

「ジーンはとても達観しているのだな」

オーガストの微笑は、どうしても哀しげに見えた。

「本当に達観してたら、すべてを許せって言うんじゃないかな」

「感情を介さない理想と、心を持った人間の現実の差を理解しているほうが、闇雲に許せというよりよほど責任感があって、達観していると思う」

穏やかな笑みをたたえたオーガストは、ずいぶんと気持ちが落ち着いてきているようだった。刑事の仕事は精神的に過酷だった。その経験から学んだことで、オーガストの気が晴れたなら、懸命に働いた甲斐《かい》もあったというもの。

「ありがとう、ジーン。伯爵家の汚名を晴らし、ウェルトンに潜む悪を暴いてくれて」

まっすぐに見つめられて照れてしまった。暖炉の明かりでは耳が赤くなっているのが見えないことを祈っていると、

「ジーンは英雄だ」

とまで言われてしまい、

「たまたま気づいただけだから」

と、頬を掻《か》くしかできなかった。

それ以上は何も言わず、ぱちぱちと薪がはじける音を聞きながら、二人でぼうっと炎を眺めた。

投げ出した足が温まり、飲んだ酒の効果もやっと感じるようになって、自然と溜め息をこぼした仁の頭に、他愛《たわい》ないことが浮かんだ。

「伯爵が踊っているところを見てみたかったたな。舞踏会なんて縁がないから、踊りって見たことがないんです」

正装で踊る姿は、それは魅力的だっただろう。何気なく言っただけなのに、オーガストは残り一口のブランデーを飲み干して、軽い足取りで立ち上がる。

「今からお見せしよう」

「えっ」

両足を揃えたオーガストは、恭しく手を差し出した。

「パートナーが必要だ」

なんという無茶ぶりか。踊りに縁がないと言ったばかりの自分を誘おうとは。

「やめといたほうがいいですよ。足を踏んでしまう」

「平気だ。それなりに合わせていればいい」

諦めないオーガストに負けて、仁も重い腰を上げた。ほんの少し投げやりな気分で、けれど前に進みたいのだろう。その助けになると思うと、断り切れなかった。

腕を広げ、仁の右手を握ったオーガストは、仁の左手を彼の上腕に置くと、空いている手を仁の腰にあてがった。社交ダンスのイメージどおりのポーズが決まり、一安心したのも束《つか》の間、果敢にもオーガストがステップを踏み始めた。ひたすら足元を見てついていこうとするけれど、数秒のうちにつま先を踏んでしまった。

「あっ、ほら。痛いのは伯爵じゃないですか」

やめておいたほうがいいと言って顔を上げると、熱い視線を向けられていて驚いた。溶かされそうな熱量が降り注ぐのを感じ、落ち着いていたはずの心臓が大きく跳ねた。

「ジーン」

名を呼ぶ声は、視線の熱さにはない甘さを孕《はら》んでいて、耳の奥を痺れさせる。見つめずにはいられなくなって、自然と手に力を込めると、うっとりとした目元に見つめ返された。

「君のおかげで前に進める。今度こそ自分に正直に生きていきたい。この胸にあるジーンへの思いに、正直に」

蕩《とろ》けそうな視線に瞳《ひとみ》を捕らえられ、頬が赤く染まる。鼓動が速足になるのを感じながらも頷くと、オーガストは幸せそうに微笑む。

「名前を呼んでくれ」

囁くような願いは、一人の男の、シンプルで純粋な感情だった。

「オーガスト」

生まれて初めて、情熱を込めて名前を呼んだ。照れくさいのに、視線を外せない。

見つめ合ったまま、ステップを踏んだ。仁でもついていけるくらい緩やかなステップを。ワンステップ踏むたびに、少しずつ距離が縮まっていく。そして、吐息が触れるくらい鼻先が近づいたとき、どちらからともなく抱き合って、吸い寄せられるようにくちづけを交わした。

唇を離すと、ひどく寂しくなって、息をするよりも先にもう一度キスをした。

もう一度深く、唇を重ねると、身体の奥から今まで感じたことのない熱が湧き上がるのに気づいた。

くちづけを解いて、焦点が合うぎりぎりの距離で見つめ合えば、オーガストの瞳にも、仁が感じているのと同じ熱の色が映っていた。

「ジーン、君と愛を交わしたい」

誠実で情熱的な告白に、はにかまずにはいられなかった。知性的で、ときに皮肉屋なのに、情熱的な言葉も紡いでしまうなんて、反則級に魅力的だ。

「俺も、したい」

上品な台詞は持ち合わせていないから、自分らしい言葉で答えると、幸せそうな笑みが見えた。と思ったら、これ以上甘美なものはないと言わんばかりに、唇を食《は》まれた。甘く食むようなくちづけは次第に物足りなくなり、噛みつくように互いの唇を求める。オーガストの手は、仁の腰をじれったそうに撫でて、次第に下へとおりていき、一息に寝間着を捲り上げた。そして仁を裸にしたオーガストは、仁が本当に望んでいるのか、まっすぐ目を見つめ、迷いなく見つめ返した仁の唇を、これ以上なく愛おしそうに塞《ふさ》いだ。

力強い腕に包まれてベッドに背中を預けると、不思議なくらい自然に感じた。今からオーガストに抱かれるのがわかるのに、躊躇いも迷いもなく、ただひたすらに目の前の男を感じたいと思った。

「オーガスト」

寝間着の首元を引っ張ると、オーガストは勢いよくガウンを脱いで、寝間着も脱ぎ捨てた。そしてもう一度仁を組み敷き、唇を奪った。

角度を変えて、くちづけは激しくなっていく。もっと深くに感じたくて舌先でオーガストの唇を愛撫《あいぶ》すると、熱い舌に搦《から》めとられた。いつもは涼しげなオーガストとの、情熱的で野性的なくちづけは気持ち良くて、頭が痺れて思考が溶けそうだ。

身体のあいだで、興奮したものが重なっている。気づいてしまうと、身体の奥が疼《うず》いて堪らなくなった。自然と脚を開いてオーガストの引き締まった腰を引き寄せれば、くちづけが解かれ、オーガストは彼の指を唾液《だえき》で濡らした。

濡れた指が、脚のあいだをまさぐり、隠れた箇所を暴いた。きつく閉じた蕾《つぼみ》を撫でた指先は、優しくそこを開き、奥へと入ってくる。

「あっ」

初めて覚えた違和感は、瞬く間に甘い痺れに変わった。中を一度撫でられると、腰が震えて、もっと触ってほしくなった。

「痛くはないか」

甘い問いかけに頷けば、耳元に唇が落ちてくる。優しいくちづけで心を溶かされた仁の蕾の奥を、オーガストの整った指先が暴いた。

「んっ、は……ぁ」

自分のものとは思えないくらい、甘い吐息がこぼれる。薄く開いた唇を奪ったオーガストは、埋めた指を大胆に動かしていく。

仁を求めて焦《じ》れながらも、奥を念入りに溶かしたオーガストは、蕾がほぐれると、それを知らせるように仁の瞳を見つめた。

青く透き通った瞳は、自分を渇望している。そう本能的に感じて、仁もオーガストが欲しくて堪らなくなった。

答えの代わりにオーガストの唇を己のそれで奪えば、唇を解いた瞬間、熱い欲望に貫かれた。率直な熱量は初めての刺激に震える中を開いていく。痛みや圧迫感を覚悟していたのに、感じるのは甘い快感だけ。

「…あ……、あっ…。深い」

先端が指では届かなかった箇所を暴いた。シーツをきつく握ってさらなる快感に耐えると、オーガストが腰を大きく突き出した。

「ああっ」

最奥を突き上げられ、充血した中心から先走りの蜜《みつ》がこぼれた。快感の波をやりすごす仁の腹を指先で撫でたオーガストは、深く繋がったまま円を描くように腰を揺らす。最奥まで満たされ、揺さぶられる愉悦に、甘い嬌声《きょうせい》が止まらなくなった。

「は…あぁっ、…んぅ」

オーガストをすべて受け入れている。その実感は快楽となって、仁の身体を敏感にする。

もっとオーガストを感じたい。自然と脚を開いて、欲情を誘った。大胆な仁に呼応するよう、オーガストが唇の端を舐める。そして昂《たかぶ》りを退《ひ》くと、一気に奥まで突き入れた。

「あぁ……、はっ、…ん」

一突きされただけで、瞼《まぶた》の裏に火花が散った。初めてのセックスは、言葉が見つからないくらいに気持ち良い。

「オーガスト、もっと奥、きて」

もっともっと、深く繋がりたい。正直に求めれば、欲しがったとおりに、逞《たくま》しい欲望で中を愛撫される。

「あぁっ、……すげ、いいっ」

感覚に正直に、感じるまま喘《あえ》ぐ仁を、オーガストは本能のまま責める。いつもは理性的な男の野性的ともいえる姿は、興奮しきっていたはずの仁の情欲をさらに燃え上がらせる。

大きく突き上げられ、背を反らせて快感に耐えた。気持ち良くて堪らなくて、もっと欲しいと腰を揺らした。結合部はそこを満たす熱量を締めつけて、さらに奥へと誘い入れる。

「ああ…、ジーン」

うっとりと囁いたオーガストは、仁の腰を掴んで強く引き寄せた。そして最奥を責める

と、抜ける寸前まで腰を退き、じっくりと味わうように中を欲望で満たしていく。

オーガストが律動を刻み始めた。奥深くまで余すことなく、仁のすべてを感じている。淫靡《いんび》に濡れた中を愛《め》でるオーガストは、開放的で無防備で、そして煽情的《せんじょうてき》だった。

「はっ、…んぅ」

オーガストが自分との情交で感じているのが、無性に嬉しくて、その感情すら快感となって身体中を駆け巡る。二つの身体のあいだで揺れる仁のそれは、触れていないのに充血しきって、透明な蜜を溢れさせている。

絶頂がじわじわと迫ってくる。オーガストの刻む律動に身を任せていれば、甘美な極みにたどり着くだろう。けれど仁は、オーガストと一緒に頂《いただき》を迎えたいと強く感じた。

両手を伸ばし、汗ばんだ首に両手を添えると、オーガストはその意図を汲《く》んで身体を引き起こしてくれた。胡坐をかいたオーガストに跨《また》がるかたちで繋がったまま抱き合うと、自重によって腰が沈み、熱い質量に深く貫かれた。あまりの快感に喉を反らせると、オーガストは無防備なそこにいくつもキスをする。

「俺を感じているか、ジーン」

首筋にキスの軌跡を残しながら、オーガストは仁の腰を揺さぶった。

「うん。……んっ、感じすぎてもうイキそうだ」

張り詰めた己を知らせるように、腰を揺らせば、逞しいものに内壁を撫でられてもっと感じてしまった。

「はぁ……ぁっ」

吐息をこぼし、薄く開いた唇が、やや乱暴に奪われた。と思えば、腰を摑まれ、強く突き上げられた。欲望を埋《うず》めたまま、オーガストは仁の最奥に律動を刻んでいく。

「ひぅ…、んっ。オーガスト、もうイってしまう」

絶頂が目前に迫り、身体は解放を渇望する。どうしてもオーガストと一緒に極めたくて腹に力を込めて耐えようとすれば、オーガストの表情からも余裕が消えて、限界を迎えようとしているのがわかった。

「あぁ、…あっ、……ああっ！」

二人で律動を刻み、高みへ駆け上がる。そしてついに、仁は極みを知った。首元にきつく抱きついて絶頂を迎えた仁の中に、オーガストも熱い迸《ほとばし》りを放った。額を合わせ、得も言われぬ解放感を共有して、乱れた息も構わずくちづけを交わす。

繫がったまま、離れられなかった。互いを抱きしめて、何度もくちづけをして、それが幸せで堪らない。

身体が溶けて一つになりそうなくらい、飽きることなくキスをして、二人で力尽きて、抱き合ったままベッドに転がった。自然と繋がりは解けたが、手を繋いでいると一つになったままのように感じる。

「すごかったな……」

初めてのセックスは、気持ち良くて、身体の奥からつま先まで余すことなく満たされた。詩的な言葉を探す力はもう残っていなくて、思わずこぼれた自分の言葉の、あまりの単純さに笑いだしてしまった。そんな仁につられて笑ったオーガストだが、微笑みつつも真剣な表情になると、繋いでいた仁の手の指先一つずつにキスをした。

「これまでの日々は、ジーンと出逢うためにあったのではないか。そう感じるほどに、ジーンと結ばれて幸せだ」

同じことを感じている。そう言葉にする代わりに、オーガストの唇を己のそれで塞いだ。広い肩に頬を預けると、オーガストは額に唇をくっつけて、仁の頭を優しく撫でる。それが心地良くて、心底幸せだと感じた。

(ジーンになれてよかった)

転生しなければ、この幸福を知らないままだった。

幸せに包まれて目を閉じたとき、ふと不安が頭をよぎった。目覚めたら、日本の病院のベッドにいて、一命を取り留めたと医者に言われたらどうしようかと。

無意識のうちにオーガストの胸にしがみつくと、抱きついたと思われたのか、肩を強く抱き寄せられた。

「おやすみ、ジーン」

仁の額にキスをしてオーガストは目を閉じた。仁も、温かい腕の中で目を閉じる。

目覚めるときもこの腕の中であるように。祈りながら、眠りについた。


目を覚ましたとき、背中が温かくて気持ち良いことに一番に気づいた。二番目に気づいたのは、力強い腕が自分の腕に重なっていること。三番目に気づいたのは、首元にオーガストの鼻先が擦《こす》れていること。

どうやら自分は、裸のままスプーンを重ねたように、オーガストと密着して眠っていたようだ。こんなに強く抱かれていたら、前の人生には戻りようがない。安堵と愉悦が胸に広がり、幸せの溜め息がこぼれた。

「う……ん」

オーガストが寝返りを打って仰向けになった。仁をこの時代に引き止めたことを無意識のうちに感じ取ったのではないか。そう考えてしまうくらいのタイミングに、面白い気分になる。

「いいな、こういうの」

広い胸に頬を預けてみた。呼吸に合わせて上下する胸は想像以上に力強く、微《かす》かに聞こえる鼓動に安心する。

体温を感じながら、オーガストの腕の中で朝を迎えた余韻に浸っていると、オーガストがやっと目を覚ました。

天蓋《てんがい》をぼうっと見つめながらも、無意識に仁の肩を撫でたオーガストは、その感触から仁が腕の中にいることに気づき、こちらを向いて破顔した。

「おはよう、ジーン」

寝起きで掠《かす》れているのに甘く響く声が、仁と二人で朝を迎えたことを、心の底から喜んでいることを知らせる。

「おはよう、オーガスト」

自分にできる精一杯の甘い声で名を呼べば、肩を抱き寄せられ、唇を奪われた。

「おかしな夢を見た。すべてが解決したから、ジーンがいなくなってしまう夢だった。不安に感じていたからだろう。神に与えられた助けの手に劣情を抱いてしまったから、ジーンを取り上げられてしまうのではないかと」

そう言って苦笑したオーガストだけれど、第六感的に仁と同じ不安を覚えていたのかもしれない。人間の感覚は侮れないものだ。振り返ると、転生したばかりのころも、オーガストは仁に説明できない不思議なものを感じたと言っていた。

しかし、神だか運命だかのいたずらも、自分たちを引き離すことはできなかったらしい。きっと、夜中抱きしめられて寝ていたのだ。そう思うとよりこの朝が愛おしく思えた。

「どこにも行かないですよ。ここよりいたい場所なんてないから」

温かい腕の中は、世界中のどんな場所よりも心地が良い。

好きなひとの体温に存分に甘えた仁は、喉の渇きに気づいた。ベッドサイドには水とグラスが置かれているはず。起き上がってグラスを探すと、先に時計が目に入った。

時計の針は午前九時を指している。普段は六時には起床して、身支度を整えればすぐさま階下の朝食の準備を手伝っている。午前九時といえば、上階の朝食も終わり、洗濯を始めているころで、つまり、大寝坊だ。

「子供たちのところに行かないと」

慌ててベッドを下りようとすれば、腕を摑まれてしまった。

「そんなに急いで離れていかなくてもいいだろう」

「いや、だって、もう九時を回ってるから」

離れていくなんていじらしい言い方をされたら、悪いことをしている気分になる。ベッドを出るか出まいか煩悶《はんもん》していると、摑まれたままの腕を強く引き寄せられた。

「ジーンの責任感はありがたいけれど、俺もジーンに甘えたいから、悩ましいな」

仁の腰に手を回したオーガストは、そのまま離す気がなさそうだ。仁だって甘い朝を引きずりたいが、子供たちのことも気になって仕方がない。

やっぱり、急いで着替えよう。昨夜《ゆうべ》脱ぎ捨てた寝間着を探そうとしたとき、ベッドのそばの椅子に自分の着替えが置かれているのが目に入った。

メイド服と仕立ててもらった散歩着の二パターンが置かれている。どちらを着るつもりかわからないから、どっちも置いておくというマイルズの声が聞こえてくる気がした。

「俺がここで寝てるのをマイルズさんは見たんだ……」

生活のすべてが執事に知られることに慣れているオーガストは、情事のあとを見られても平気かもしれない。が、仁は違う。しかも執事のマイルズは使用人全員の上司だ。上司に事後を知られて平然としていられない。

「どうしよう……」

着替えたとしても、出ていきにくい。悶々とする仁に、オーガストは穏やかな声で言う。

「執事は主人の幸福を常に願ってくれている。主人が望むことを先回りして考え、望みを叶えるのが執事なのだ。マイルズは優秀な執事だから、俺がジーンと一緒に朝を過ごしたいと願っていることは、言わずともわかっているよ」

「そうでしょうけど……」

「子供たちのことも、マイルズがきちんと世話をしてくれている」

だから、今朝くらいはのんびりと過ごそう。オーガストはそう微笑んで、仁の手を取り、そこにいくつもキスをする。

まだ眠そうな顔でわがままを言うオーガストの、栗色の髪が一束跳ねているのに気づいた。美貌の貴公子ののんきな姿を見ていると、煩悶しているのが急に馬鹿らしくなってくる。

喉が渇いたままだった。水を探すとクリスタルのカラフェの隣にグラスが二つ置かれていた。できる執事のはからいに胸のあたりがむず痒くなるのを感じながらも、二つともに水を注ぎ、一つを渡そうとすると、オーガストはやっと起き上がった。

グラスいっぱいの水を一気に飲み干すと、喘いで掠れた喉が潤されていくのを感じた。毎日飲んでいるのと同じ水なのに、今朝は特別においしい気がする。オーガストも、心なしか満足げにグラスを空にしていた。

喉が潤うとすっきりした気分になった。窓の外は爽やかに晴れていて、確かにのんびりしたい良い朝だ。

「もう寝坊してしまったことだし、急ぐこともないか」

独りごちるようにこぼすと、オーガストにグラスを取り上げられた。そして二つともグラスをベッドサイドに戻すと、仁の腰に手を回し、引き寄せる。

「二人きりでのんびり過ごそう」

そう言ったのはオーガストなのに、潤いが戻った唇を奪われ、シーツの上へと押し倒された。

「のんびりするって言ったのに」

抗議めいたことを言いながらも、唇が重ねられると、自ら唇を開いて、オーガストの舌を誘い入れた。求められるのが嬉しくて、まったくのんびりできない状況に興奮する。

首筋から胸へとくちづけが降ってきて、昨夜の快楽を思い出した肌が上気する。脚のあいだをまさぐったオーガストは、蕾に先端をあてがうと、躊躇うことなくそこを貫いた。

「ああ…、ジーンの中はまるで天国だ」

快感に眉を寄せ、感嘆するオーガストはこれ以上ないほど気持ちよさそうで、もっと自分の身体で感じてほしくて、仁も腰を振る。

無防備な姿で、本能的に快楽を追いかける。困難をともに乗り越えたことで築かれた信頬がそこにあるから、快感に踊っているのに心地良い。

くちづけを交わし、情熱に身を委《ゆだ》ねて、二人で一緒に絶頂を迎えた。上がった息をそのままに抱きしめ合って、味わうように何度もキスをする。

のんびりと呼ぶのかどうか、抱き合ったまましばらく余韻に浸っていると、寝室を出てすぐの主の居間から銀製の盆と食器が擦れる音がした。

マイルズが食事を運んできたのだ。あまりにも起きてこないから、起きたら自分で食べてくれという意味で食事を置いていったのだろう。居間から廊下に出ていく足音もして、そのあいだ、二人で目を見合わせて、なぜか息をひそめた。

そして、マイルズが廊下に出た扉の音がすると、二人同時に吹き出した。朝から情欲に耽《ふけ》ったことがやっぱり気恥ずかしいのと、いたずらをしたようなやましい面白さに、子供みたいに笑った。


身支度を整えた仁は、メイド服を着てオーガストと一緒に主寝室を出た。昨夜のことは言わずもがな、今朝だって契って、階下の朝食にも顔を出さなかった。今さら取り繕う気にもならなくて、開き直って堂々と主寝室をあとにする。

メイド服を選んだのは、子供たちを不安にさせないためだ。土産話《みやげ》ができる舞踏会ではなかったが、きちんと帰ってきていることを知らせて、午前中に構ってやれなかったぶんも、おもいきり遊びたい。

オーガストと二人で遊び部屋にいくと、子供たちは輪投げをして遊んでいた。

「お父様、ジーン」

駆け寄ってきた子供たちは、遅い登場のわけを知りたくてうずうずしている。

「マイルズさんが、お父様もジーンもお寝坊さんだって言ってたわ」

「疲れてしまって、ぐっすり寝ていた」

オーガストが疲労を口にしたのを初めて聞いたのだろう。子供たちは「ふうん」と言いながらも、珍しいものを見たような顔をした。

「私も早く舞踏会に行ってみたい」

華やかな場に憧《あこが》れが強いローズは、オーガストが疲れるくらい踊って帰ってきたと思ったようだ。その隣で、それほど踊りに興味がないらしいアンドリューが、何かがひっかかっている様子で首を傾げている。

「どうかした？」

仁が訊ねると、アンドリューはより困ったような顔をした。

「ジーンも踊ったの？」

踊ったか否かを確かめようとしているのではなく、舞踏会に行ったのかどうかを知りたがっている口調だった。まるでただの社交の夜でなかったことに気づいているようで、人間の勘とは本当に侮れないものだと痛感させられた。

「アンドリュー」

オーガストが一歩前に出て、子供たちに視線を合わせるために片膝をついた。そしてアンドリューの左肩をしっかりと掴む。

「吸血鬼はいなかった」

迷いない言葉は、子供たちに真実を知らせるものだった。

アンドリューは吸血鬼騒動にある程度気づいていた。巡査の出入りが激しかったことや、仁が何度も服装を変えていたことから異変を察知して、舞踏会がただの夜会でないことに考えが至っていたとしても不思議ではない。だから、真実が解明された今、オーガストは事実を伝えたのだ。

「ジーンが証明してくれた。吸血鬼はいなかった」

もう案ずることはない。そう力強く言い切ったオーガストに、アンドリューもローズも、安堵の笑みを浮かべた。素直で活発な二人の心に影を落としていた悪魔はもういない。晴れ晴れした二人の笑顔を見ていると、事件を解決できてよかったと心底思った。

「ピクニックに行こうか。天気も良いことだし、シェフに頼めば昼食を詰めて持たせてくれるだろうから」

外遊びに誘うと、子供たちはいつもの無邪気な笑顔に戻った。

階下で準備をするあいだ、子供たちを見ていてくれないか訊こうとしたとき、オーガストが思いがけないことを言った。

「一緒に行こう。今日はきっと散歩日和《びより》だ」

「お父様も？　やったぁ」

珍しく父親が参加することになって、子供たちは大喜びだ。

「すぐに用意をしてくるよ」

急いで階下に行き、台所に入ると、サイモンに「なんだ、やけに遅かったな」と揶揄されてしまった。

「寝坊したぶんも子供たちの機嫌をとらなきゃならないから、ピクニックに持っていく軽食を詰めてもらえないか」

バスケットを用意すると、サイモンはどこかにやにやしつつもパンやハム、果物などを詰めてくれた。

「ありがとう」

上着のケープを纏った仁がバスケットと敷物を抱えて上階へ戻ると、オーガストと子供たちもコートを着て準備は万端だった。

「行こうか」

庭に繋がる裏手の出入り口から外に出ると、クリスマスを控えた季節とは思えないくらい温かかった。トーマスがたった一人で懸命に剪定《せんてい》し続けている庭は、最近の寒さに負けず青々としている。

小鳥を数えたり、冬支度を急ぐりすを追いかけてみたり。なかなか前に進まないけれど、それこそのんびりと、敷物を広げるのにちょうどいい木陰を四人一緒に目指した。

「そろそろ休もうか」

「「はーい」」

枝が横に広く伸びて、葉がまばらな木の下で休むことにした。完全な日陰になっていないから、座っていても寒すぎず、ちょうどいい。敷物の上にバスケットの中身を広げると、いつもの朝食の時間に食事を摂《と》っていた子供たちは、おいしそうに食べ始めた。

「お父様、食べないの？」

ビスケットを一つ平らげたところで、ローズが訊ねた。オーガストも仁も、まだ満腹だ。

「ああ。今はいい」

「ジーンも？」

「寝坊したから、さっき朝食を摂ったばかりなんだ」

正直に話すと、子供たちはケラケラ笑った。

（あったまるな）

家族団らんとは、きっとこのことを言うのだろう。子供たちを穏やかに見守る父親と、元気で明るい子供たちが、草原と呼びたくなる広い敷地で寛ぐのを間近で見ていると、心が安らいで、とても温かい気持ちになる。

この心地良さは、転生しなければ知ることがないままだった。あのまま生きていても、仁が家庭を築くことはなかったと断言できる。一命を取り留めるのではなく、新しい人生が与えられたのも、帰りたい人や場所がなかったからかもしれない。

けれど今は、この幸せな光景を、明日も明後日《あさって》もその先も、何度も見たいと願う。

「ジーン、りんごを切ってくれる？」

ローズの声に意識が引き戻された。パンとハムを食べ終えた子供たちは、デザートにりんごが欲しくなったようだ。

　バスケットに入れてあったナイフに手を伸ばそうとすると、オーガストが先に握ってりんごを切り始めた。果物は料理や菓子の具材にならない限り、そのまま出されるのが常だから、オーガストもりんごや梨を食べるときは自分で切るかかじって食べることがほとんどだ。最初は驚いたものだが、ナイフを持つ手元に不安はなく、むしろ器用に、食べやすい大きさに切っていく。

「お父様ありがとう」

　オーガストと一緒のピクニックがよほど嬉しいようで、ローズはことさらおいしそうにりんごを頬張った。

「食べ終わったらうさぎを探そうよ」

「いいわよ」

　アンドリューもローズも動物が好きだ。りんごを食べ終えるとすぐに立ち上がって、元気に走り出した。

「あまり遠くに行かないでくれよ」

　終わりが見えない敷地は迷子になってしまえるほど広いから、駆けていく小さな背中に思わずそう声をかけていた。

「可愛いなぁ」

無邪気さに心が洗われる。自然と笑顔になっていると、そっと手を握られた。

「二人の健康で美しい子供たち。これ以上の幸福は望むべくもないと思ってきた」

遠くで元気にうさぎを探す子供たちを眺めるオーガストは、取り戻した平穏と、手を繋ぎたいひとがいる悦《よろこ》びを噛みしめているようだった。柔らかい微笑が、他愛ない時間を幸せに思う喜びを伝えてくる。

手を握り返すと、オーガストは笑顔をたたえてこちらを向いた。

「これからもずっと、今日のように満ち足りた日を迎えたい。ジーンと一緒に。どこにも行かないと約束してくれないか」

初めて受けた告白に、胸が高鳴る。そばにいたいと誰かに請われることが、こんなに幸せだなんて知らなかった。

胸がいっぱいになって言葉が出てこなくなった。照れ笑いを浮かべると、オーガストは繋いでいた手を二度ぎゅっぎゅと握った。

「良い子でいると誓うよ」

いたずらっ子のように言ったオーガストに、思わず声を上げて笑った。確かに良い子でいてくれると助かるし、そのほうが嬉しいが、オーガストは今のままでも十分良い子で、とてもいい男だ。

「メイドを辞めるわけにはいかなくなった」

焼く世話もないけれど、冗談で返せば、オーガストも声を上げて笑う。

「子供たちはいつか手がかからなくなるけれど、俺はジーンから卒業することはないよ」

「ははっ。弱ったな」

手を繋いで、他愛ない冗談を二言三言。鼻先が触れる距離まで顔を寄せて、仁は誓いを立てる。

「ずっとここにいるって約束する」

唇を重ねると、二人の心を映すかのような、爽やかな風が吹いた。

くちづけを解いて笑い合っていると、子供たちがこちらへ戻ってくるのが遠目に見えた。

同性同士が結ばれることを理解するのは、男女の恋愛もまだ知らない子供たちにとっては難しいだろう。この関係は、しばらく隠さねばならない。

アンドリューがうさぎを見つけたと言いながら一生懸命走ってくる。ぎりぎりまで手を繋いでいた二人は、名残惜しく感じながらも、そっと手を離した。

吸血鬼騒動の真相は、摘発の場となった舞踏会の翌日には街中の知るところとなった。話題になる貴族や上流階級の舞踏会や夜会には、大衆紙の記者が訪れその様子をスケッチして記事を書く。ゴシップを狙っていた記者が書いた、男爵の策略と騒動の真相は近年稀《まれ》にみる特大記事になった。その日の新聞は飛ぶように売れ、舞踏会にいた大勢の客の口からも話が伝わっていき、年末にはウェルトン伯爵を知る者はペイジ男爵の姑息さも知るほどになっていた。この話題は、年が明けて開催されるロンドンでの議会と、それにともなう社交シーズンで隅々まで行き渡ることになる。由緒ある伯爵家の夫人の命が奪われた発端は、ペイジ男爵の浅はかな陰謀にあり、その動機があまりに短絡的だったため、貴族社会の反感を買ったのだ。貴族社会に歓迎されない鬱憤《うっぷん》と、自己顕示欲が満たされない苛立ちをウェルトン伯爵に向けたペイジ男爵は、異例の叙爵の無効を言い渡された。ペイジ男爵は歴史上存在しなかったことになり、殺害教唆と殺害隠匿の罪で判決をうけた彼の名の横には、爵位はなかった。

以前働いていた使用人のほとんどは五日のうちに屋敷に来て、復職を希望した。使用人が持ち場に戻ると、屋敷は一気に活気づき、約五十人が行き来する様は、初めて目にした仁にとっては壮観だった。

掃除をする時間がなくて埃《ほこり》が溜《た》まっていた部屋、頻繁にメンテナンスが必要なせいで使えなくなっていたオイルランプ、花が消えた花瓶。どれもが輝きを取り戻し、伯爵家の生活は元通りになるように思えたものの、そう単純には済まなかった。

消えた使用人を大人が薄情と感じたのと同様に、子供たちも違和感を抱いていた。不信感とまではいかなくても、忠義を貫いたマイルズ、サイモン、トーマス、そして、何も知らずに働き始め、事件を解決まで導いた仁との差を感じずにはいられなかったのだろう。非常事態だったとはいえ、非常時だったからこそ子供たちは支えを必要としていた。そこに現れた仁は子供たちにとって特別で、子供たちのために男性なのにメイド服を着て、メイド仕事をしてきた仁に、復職してきたメイドたちも一目置くようになった。

おかげで仁の仕事はほとんどが子供たちの遊び相手になった。洗濯や掃除は経験豊かなメイドたちがやってくれるから、以前とは違って時間の余裕を感じることも多い。

「今度は片足で立って投げてみようか」

遊び部屋で輪投げを前にして片足で立つと、アンドリューはすぐに真似《まね》をした。

「うわぁ、これ難しい」

ローズはというと、笑いながらふらふらと輪を投げる仁とアンドリューを、すまし顔で眺めている。メイドが戻ってから、髪を結ってもらって髪飾りもつけるようになって、レディの意識が高くなっている。こういうふざけた遊びは見ているだけのことが増えてきた。

無理に合わせる必要なんてないので、ローズのことはそっとしておいて、仁はアンドリューと輪投げに興じた。

「ジーン見て。手だけを動かすとこけないよ」

「本当だ。あと、お腹に力を入れると身体が揺れなくなるぞ」

「そうなの？」

工夫をしながら片足立ち輪投げを楽しんでいると、廊下から声がした。

「お茶の時間ですよ」

ガバネスの声に振り向いた子供たちは、「はーい」と元気よく答えて遊び部屋を出る。

お茶の時間は教養のある上級使用人であるガバネスと、女性使用人をまとめる家政婦、そして一番身近なメイドと一緒に過ごすのが、子供たちの本来の日課だ。食事も同じで、いつかマイルズが話していたように、比較的質素なものが食卓に並ぶ。仁は昼食だけ子供たちと一緒に摂ることにしているので、お茶の時間は大抵トーマスと一緒か、あるいは上階で過ごす。

階下に下りると、ちょうどメイドの一人が上階のお茶と茶菓子を盆にのせたところだった。彼女が運んでいく先は一つしかない。

「俺が運ぶよ。どうぞ先に休憩して」

代わりを申し出るとメイドはにっこりしてお辞儀をした。上階がお茶の時間なら階下もお茶休憩だ。そんなときに仕事が一つ減って嫌がるメイドはいない。それに、湯でいっぱいのポットやアルコールランプ、お茶菓子と取り皿など、お茶のセットはなかなかの重量だ。体格が大きくないとはいえ男なので、重いものは率先して運ぶようにしている。

上階に上がって、まっすぐ書斎に向かう。年末が忙しいのはどの時代のどの身分も変わらないようで、オーガストはこのところ書斎に詰めていることが多い。

書斎に入ると、オーガストは書類に目を通していて、マイルズは手紙を代筆していた。根を詰めていたのが二人の表情から見て取れる。窓際のテーブルに静かにティーセットを置き、湯のポットをアルコールランプの火にかけたとき、書類を読み終えたオーガストが顔を上げた。メイドが仁だったことに気づくと、嬉しそうに頬を緩める。

「やっと休憩ができる」

ほっと溜め息をついたオーガストは、待っていたと言わんばかりに立ち上がり、仁のほうへと歩いてくる。マイルズは筆を置くと、察した表情で書斎をあとにした。

「今日のお茶請けは何だろうか」

ティーポットにお湯を入れていた仁の背後に立ったオーガストは、仁の肩越しに盆を覗いた。

「ジャムのクッキーですよ」

「ちょうど甘いものが欲しいと思っていたところだ」

すぐにでも食べたいような言い方をしたのに、オーガストは仁を振り向かせるとぎゅっと音がしそうなほど強く抱きしめる。

「甘いものもいいが、まずはこの温かさが欲しかった」

満足げに息を吐きつつ抱きしめてくるオーガストは、まるで相棒のぬいぐるみを抱く子供のようだ。高貴な家柄や称号、端整な容姿からは想像しづらいけれど、オーガストはなかなかに甘えたがりだ。

「紅茶を飲めば身体の内から温まりますよ」

ちょうど茶葉が蒸れたころだ。おいしく飲めるタイミングを知らせたのに、オーガストは仁を抱いたままデスクのほうへと移動しようとした。

「紅茶には少し待っていてもらおう」

そんなことを言いながら、仁をデスクのへりに押さえつけたオーガストは、デスクに軽く腰かける形になった仁の唇を奪った。

「おいしそうな良い匂いがする」

もう一度唇を塞いだオーガストに、

「変わった趣味だ」

と言えば、

「ジーンにはわからないのが残念だ」

と囁きながら腰を撫でられた。

「休憩したかったんじゃないのか」

「そうだ。今すぐジーンに癒《いや》されたい」

二人して浮かれている。否定したくても言い訳すら思いつかないくらい、隙があれば戯れてしまう。仁にとって初めての恋愛で、オーガストはやっと自分に正直になれた。毎晩一緒に過ごしても足りないくらい、完全に浮かれてしまっている。

熱の籠った視線で仁の瞳を見つめたオーガストは、視線を仁の首筋に落とすと、そこにキスをして軽く吸い上げる。そのまま下へと服越しにいくつもキスをして、膝をついてへそのそばの布を甘噛みすると、スカートを大胆に捲り上げた。

「下着をつけていなかったのか」

ペチコートの下の素肌に、オーガストは不敵な笑みを浮かべた。

ロングスカートの下にペチコートまで穿いているから、下着をつけていると用があるときに不便だ。強風が吹いたって重たいロングスカートはなびく程度だし、まさかスカートを捲られるとも思わず、最近はメイド服を着るときは下着を省いていた。

「スカートを捲られると思ってなかったから」

羞恥心が湧いて、それを隠すように口元を手首で覆うと、しめたと言わんばかりにオーガストが中心にキスをした。

「ちょっ、……オーガスト」

なんのチート能力か、やけに純粋そうな見目の仁の中心に、オーガストはくちづけをしたり甘く食んだり、休めの姿勢だったそれを愛撫する。反応してしまって、上向き始めると、片方の内腿《うちもも》を押し上げ、中心より後ろにキスをした。

「…あっ、だめだって、そんなところ」

会陰にくちづけたオーガストは、さらに後ろを暴こうとする。

「だめだって、オーガストっ。…あっ」

舌先で蕾を撫でて、溶かされて、前は完全に起《た》ち上がって、桃色の先端が露わになっている。淫《みだ》らな体勢で受ける愛撫に感じてしまって、蕾がひくついているのがわかる。昨夜もオーガストを受け入れたそこは、また熱量を期待している。会陰をじゅっと音を立てて吸い上げ、中心の裏と先端にキスをしたオーガストは、腹から胸へと服の上からキスの軌跡を残し、黒いブラウスに隠れた鎖骨や首筋にもくちづけて、仁の腰を強く抱き寄せると、唇を奪った。

「ジーン」

名を囁いたオーガストは、仁の片膝を持ち上げると、期待に収縮する蕾を彼の熱で貫いた。

「あぁっ…、んぅっ」

一息に奥まで突き上げられて、中は悦びに震えている。初めて結ばれた夜から、毎夜抱き合っているというのに、オーガストはそれでも足りないと言いたげな腰遣いで、仁の中に律動を刻む。

「ああ、ジーン。熱くて蕩けそうだ」

オーガストは情欲に正直だ。無防備な状態で率直な欲を交わすことを、心から愉《たの》しんで、愛おしく感じているのが伝わってくる。

「俺も気持ちいい」

首元に抱きついて、仁も正直になれば、オーガストは嬉しそうに笑って、仁の唇を情熱的に塞いだ。

舌を絡ませ、互いを味わって、深いところで繋がる。昼日中の情交に感じるやましさが、二人をより燃え上がらせる。

「あぁ…っ、…は…、んっ」

律動が激しくなり、腕に力が入らなくなってきた。最奥を突き上げられる快感に背を反らせると、つられて開いた脚のあいだをさらに奥まで責められた。

「ああっ、…もう、イク」

腹のあいだで真っ赤に充血した中心が先走りを溢れさせて揺れている。もう限界だと知らせれば、オーガストは仁の中心にハンカチをかけ、そこを優しく握った。

「あっ、…あぁ、……いく、イク」

最奥のさらに奥を責められた瞬間、きつく瞑《つぶ》った瞼の裏で火花が散った。ハンカチに包まれた中心から白い蜜を放ち、仁は絶頂を迎えた。

オーガストも、激しく収縮する仁の中で果てた。熱い迸りが身体の奥を染めていくのを感じ、淫靡な解放感に包まれた。

「ああ、ジーン。すっかり虜《とりこ》になってしまった」

とても自然に甘く囁かれて、厄介なくらい心が躍ってしまう。余韻に浸りながらも笑顔になると、緩んだ頬にキスをされた。

「まるで十代に若返ったみたいだ」

照れ隠しにそんなことを言ってみれば、オーガストはややわざとらしく中から退いて、仁の蜜を受け止めたハンカチを取り去った。

「そうかもしれない。品行方正な学生だったと自負している。そのころの愉しみを今取り戻しているような気もする」

若いころに遊ばなかったぶん、仁との恋愛を心から楽しんでいる。指向を隠して生きてきたから、気持ちに正直になれる今が幸せなのだと、仁のスカートを整えながら、オーガストが笑った。

こんなに楽しそうに笑うひとだったなんて、出逢ったころには想像もできなかった。仁の過去を知る人がいれば、もしかすると同じことを言うかもしれないと思うと、出逢いとは人生を大きく変えてしまうものなのだとあらためて感じた。

「ジーンに癒してもらったから、俺が紅茶をいれよう」

ちゅっと音を立てて仁の唇を奪ったオーガストは、テーブルの前に立つと、ティーポットからいきなり紅茶を注ごうとした。

「茶こしを使わないと」

思わず声をかけると、オーガストは一瞬迷ってから、茶こしを手にして紅茶を注いだ。

「さて、休憩しようか」

無事紅茶を注いで満足げなオーガストが、椅子に座るよう視線で誘う。

心は満たされたが身体は疲労感を否めない。遠慮なく椅子に座ると、オーガストが恭しくティーカップを渡してくれた。

「今日の紅茶はいつもと違って渋い」

一口飲んで眉をひそめたオーガストに、苦笑を禁じ得なかった。

「紅茶を待たせるから」

飲みごろだったのに始めてしまったせいで、せっかくの紅茶は渋くて苦みが増している。しかもぬるくなってしまって、高級なはずの茶葉が泣いている気さえする。

しかし、飲みごろを逃した原因であるオーガスト自身は、平然と渋い紅茶を飲み続ける。

「紅茶は待たせても静かだからいいのだよ」

まるで我慢のできない子供のようなことを言う。もし本当に待てと言ったらどうなるのだろう。

「伯爵は待たせるとうるさくなるんですか」

「ジーンに構ってほしくてきっと泣き出してしまう」

「ははっ」

オーガストは冗談が好きだ。ありのままのオーガストは、冗談好きで、人並みの欲も持っていて、よく笑う。

渋い紅茶を飲みながら、クッキーをかじっていると、窓の外に子供たちの姿が見えた。仁とオーガストが淫靡な時間を過ごしているあいだにお茶を済ませて、外遊びに出かけたのだ。

「ジーンと一緒に、子供たちの楽しげな姿を見るのが、何よりも幸せだよ」

柔らかな笑顔をたたえ、窓の外を眺めるオーガストの横顔は優しい父親のそれであり、仁を愛する男の顔だった。

＊＊＊

年が明け、ロンドンで開かれる議会に向けて、各地方の貴族が準備を進めるころ、仁はオーガストと子供たちと一緒に朝食の席に着いていた。最近は、毎朝四人で朝食を摂っている。

「今日の誕生日会、楽しみだな」

アンドリューとローズは、起き抜けからずっとそわそわしている。今日は二人の誕生日会が催されるのだ。

「お父様、今日はお菓子をたくさん食べていい？」

目を輝かせるアンドリューに、オーガストも首を縦に振るしかなさそうだった。大人のパーティーほどではないけれど、子供にとっては豪華なケーキやクッキーが用意される予定になっている。

発案者は仁だ。子供たちの誕生日を知って、貴族の子なら盛大に誕生会をするのだろうと思い込んで何気なく言ってしまったのだが、パーティーの類《たぐい》は本当なら大人のものだそうだ。子供のための集まりは珍しいと言われたけれど、昨年のこともあり、子供たちが新しい年を前向きな気持ちで始められるようにと、オーガストが決めた。

「ジーンも楽しみ？」

ローズに訊かれ、仁も笑顔で頷いた。

「ああ。楽しみだ」

以前の血色を取り戻した伯爵邸で、仁がメイドを続けるのは難しくなった。大量離職のあと、仁が一人でメイド仕事をしていて、子供たちの信頼が厚いことは誰もが認めるところだ。しかしメイドが女性の領域であることに変わりはなく、彼女たちには彼女たちのプライドもある。子供たちも以前のように仁以外のメイドを頼るようになってくると、仁のメイドとしての役割は自然と消滅していった。

オーガストとの関係が濃密になったのも、メイド服を着なくなった一因でもある。むしろそれが最大の理由だ。

当主にふさわしい食事を子供とは別に摂るようになったオーガストは、仁も同席するように強く求めた。使用人が当主と同席するなんてあり得ないことで、仁がメイドのままでは風紀に影響が出るとマイルズからも助言があった。使用人を雇い直したからには、上階と階下の境界は明確でなければならない。使用人が戻ってきてしばらくは、子供たちのためにも仁がメイドでいることを止めなかったオーガストだが、一大行事であるクリスマスからは、仁も当主家の友人として、上階で生活することになった。

仁の肩書きは、メイドから私立調査士に変わった。治安巡査の手に負えない事件が起きれば、手伝うことになっている。治安巡査にならないのは、巡査は街に住み、毎日警邏する義務があるから。仁が毎日通勤していては、一緒に過ごせる時間が限られてしまう。オーガストがそれを喜ぶはずもなく、仁も二〇〇〇年代の捜査術をひけらかすわけにはいかないので、難事件が起これば協力するくらいでちょうどいいと思っている。

「お誕生日会の前に、新しいドレスに着替えるの」

ローズも目をきらきらさせて、午後からの誕生会を楽しみにしている。今日のためにドレスを新調したくらいだ。母親を亡くした悲しみや、吸血鬼騒動の波乱を乗り越えた子供たちに、オーガストは新しい衣装からプレゼントまで、最良のものを用意している。

「このあいだできた友達は来てくれる？」

先日、アンドリューたちは街で出会った子供と意気投合して友達になった。招待状は保護者に送ることになり、返信もオーガスト宛てに届くから、子供たちは誰が誕生日会に参加するのかを知らない。大道芸人が来ることも、音楽家がつきっきりで演奏をする予定なのも、秘密にしてある。全容は知らないほうが楽しめると思ったからだ。

「どんな会になるかは、始まるまで楽しみにしているといい」

サプライズを予感させるオーガストに、子供たちはきゃっきゃと笑った。期待を膨らませた子供たちの笑顔は、堪らなく可愛くて、間近で見られることを心底幸せだと思った。

子供たちは、仁が上階住まいになってとても喜んでくれた。友人という字に恋人とふりがなをつける関係であるのを話せるのは、彼らが成熟し、オーガストの幸せを願うようになるころだろう。今は、心の底から愛されて、自分を愛することが子供たちの日々だから、仁はもうしばらくオーガストの最愛の友人で、子供たちの友人だ。

小さな友人たちが、そわそわと会が始まる時間を待つのを見守ること三時間、誕生日会がいざ始まった。飾りつけをした小ホールには、子供が喜ぶお菓子やケーキが並び、温かい室内にははしゃぐ子供の声がいくつも響く。

「おめでとう、アンドリュー、ローズ」

外出着を着た仁は、二人にプレゼントを渡した。お揃いの手帳だ。捜査に使っていた革の手帳は今でも重宝していて、先日仁がメモをとっていると、二人がとても良い物を見たように目を輝かせていた。なので、誕生日プレゼントに手帳を送ることにした。

「「ありがとう、ジーン」」

リボンで飾った手帳を受け取って、二人は大喜びで仁に抱きついた。どんな恰好をしていても、二人にとって仁は特別なメイドだ。

「今日は、集まってくれてありがとう」

アンドリューがホールを見渡し、礼を言った。嫡男の自覚が少し芽生えた、まだまだ頬が丸くて可愛らしいアンドリューの目線の先にいるのは、誕生会に駆けつけた街の子供たち。移動劇団を観劇したときに、幕間《まくあい》に話して友達になった子供たちだ。貴賓席にあたる座席にいたため、ほとんどが上流階級の子供たちだが、子供たちには階級なんて関係ない。

会が始まるやいなや、大はしゃぎだ。

「ありがとう、お父様」

誕生会の礼を忘れなかったローズのために、オーガストがしゃがんで膝をつくと、ローズは大好きな父親にぎゅっと抱きついて、頰にキスをした。愛しい娘の頰にキスして返すオーガストを見ていると、いつかの使命を果たせた実感に包まれた。

「ジーンも、ありがとう」

ローズは仁にも礼を言って、手を引っ張った。かがむと頰にキスをしてくれた。仁も、愛情を込めて額にキスを返す。

未だになぜ転生なんてしたのか謎のまま。だが、前の人生に戻りたいとは思わない。一八三五年のウェルトンで、仁は好きなひとを見つけた。そして恋は実り、愛情が生まれた。子供たちのことも、心から愛している。

前世では恵まれなかった愛情を、ここで知った。これからも、仁はこのかけがえのない愛情を守り、もっと大きく育んでいく。

大道芸人が現れた。子供たちだけでなく、保護者や付き添いのガバネスも、楽しげに芸人を囲む。

オーガストと二人で、歓声を上げて観賞するアンドリューとローズ、その友達や家族を一歩離れたところから見守っていると、オーガストが肩をとんとぶつけてきた。視線を向けると、「成功だな」と耳元で笑った。

屋敷が明るい声に満ちている。芸人の大技に子供たちがわいた瞬間、ジーンとオーガストは、成功を祝うキスをした。

あとがき

はじめましての方も、お久しぶりの皆さまも、今作品をお手に取っていただき誠にありがとうございます。歴史の一ページに転生する現代人・仁と、実は甘えん坊の伯爵の物語、いかがでしたでしょうか。

はじめての転生ものということで、転生先は自分の好みに正直に選びました。今まで本になった作品はすべて時代ものファンタジーでしたが、今回は実際の歴史に転生という新たな挑戦です。歴史は好きですけれども博識でもなければ専攻したこともないので、造詣の深い読者さまに呆れられないか、ドキドキしています。

一八三五年という決まった年を舞台に選ぶのは自分なりに勇気のいることでした。ファンタジーのようにだいたい時代の雰囲気が合っていればいいという余白がないので、鉛筆を登場させるにも存在したかどうか確認が必須だからです。おかげで、鉛筆やランプのような日用品から当時の最先端の銃まで詳しくなりました。ちなみに、作中に出てくる吸血鬼にまつわる人気小説というのは、一八一九年のポリドリ著『吸血鬼』です。元祖吸血鬼小説といったところでしょうか、この作品に触発されて、その後数々の吸血鬼作品が生まれたとのことです。収録された本が今でも書店に並んでいる、とても長寿な吸血鬼作品ですので、もし気になった方がいらっしゃいましたらぜひ探してみてください。

歴史を調べる中で、いつも一番楽しんでいるのはファッションです。当時の衣装は予想以上に調べづらかったのですが、鈴倉先生がとても素敵なイラストにしてくださいました。お忙しい中、きれいな衣装だけでなく、超美男なオーガストにかっこかわいい仁、そして鼻の下が伸びそうなくらい愛らしい双子のイラストをありがとうございました。

この場をお借りして、大変お世話になっております担当編集者さま、刊行に携わってくださる皆さまに心より感謝申し上げます。

そして読者の皆さま、最後までお付き合いいただきありがとうございました。またお会いできる機会がありますように。

桜部さく

本作品は書き下ろしです。

ラルーナ文庫

この本を読んでのご意見・ご感想・ファンレターなどお待ちしております。〒110−0015 東京都台東区東上野3−30−1 東上野ビル７階 株式会社シーラボ「ラルーナ文庫編集部」気付でお送りください。

刑事《けいじ》さんの転生先《てんせいさき》は伯爵《はくしゃく》さまのメイドでした

２０２４年６月７日 第１刷発行

著　　　者｜桜部《さくらべ》さく
装丁・ＤＴＰ｜萩原 七唱
発　行　人｜曺 仁警
発　行　所｜株式会社 シーラボ
〒110−0015 東京都台東区東上野 3−30−1 東上野ビル７階
電話 03−5830−3474／FAX 03−5830−3574
http://lalunabunko.com
発　売　元｜株式会社 三交社（共同出版社・流通責任出版社）
〒110−0015 東京都台東区東上野 1−7−15
ヒューリック東上野一丁目ビル３階
電話 03−5826−4424／FAX 03−5826−4425
印刷・製本｜中央精版印刷株式会社

ISBN978-4-8155-3294-9